和泉式部

Izumi Shikibu

高木和子

コレクション日本歌人選006
Collected Works of Japanese Poets

笠間書院

『和泉式部』

目次

凡例

一、本書には、平安時代の歌人和泉式部の歌を五十首載せた。

一、本書は、和泉式部の歌の技巧的特質を明らかにすることを通して、従来の和泉式部像の呪縛から脱却することを特色とし、個々の和歌の表現分析に重点をおいた。

一、本書は、次の項目からなる。「作品本文」「出典」「口語訳」「鑑賞」「脚注」・「略歴」「略年譜」「筆者解説」「読書案内」「付録エッセイ」。

一、テキスト本文と歌番号は、主として『新編国歌大観』に拠り、適宜漢字をあてて読みやすくした。

一、鑑賞は、一首につき見開き二ページを当てた。

和泉式部

01

黒髪《くろかみ》の乱れも知らずうち臥《ふ》せばまづかきやりし人ぞ恋しき

【出典】後拾遺和歌集・恋三・七五五、和泉式部集・八六

黒髪が乱れることを気にも留めないで思い乱れて突っ臥《ぷ》すと、まず、かつて髪を掻《か》きやってくれた、あの人が恋しい。

苦しみのために髪の乱れも気にかけずに突《つ》っ臥《ぷ》すと、ふとかつての甘い恋の記憶が呼び覚まされてくる。とたんに孤独な現実に引き戻され、はっと我に返る。過去の甘美な記憶と、現在の孤独との間に揺《ゆ》れながら、自らの喪失《そうしつ》感を見つめた一首である。

古くは、髪は女性の美の象徴とされ、長く豊かであることが好まれた。と同時に、妖艶《ようえん》さも感じ取られたようだ。『*大和物語《やまとものがたり》』一五〇段では、帝を慕《した》

*大和物語—平安時代の歌物語。作者未詳。十世紀半ば以降の成立、その後、章段が増えたか。

って入水《じゆすい》した采女《うねめ》を悼《いた》んで、「我妹子《わぎもこ》が寝《ね》くたれ髪《がみ》を猿沢《さるさは》の池の玉藻《たまも》と見るぞ悲しき」と鮮烈な印象をもって歌われている。池の中の揺らぐ藻に、女の寝乱れた髪が連想されて、悲しみの中にも艶《つや》やかさが感じられる。

さて、この和泉式部の歌にある「かきやりし人」、かつて自分の髪を掻き撫でた人とは、いったい誰なのだろうか。初恋の人と思われる最初の夫の橘道貞《たちばなのみちさだ》とする説、別人とする説など、諸説あって定説をみない。また、なぜ髪が乱れたのかについても、泣いているところを慰《なぐさ》められたといった初々《ういうい》しい関係なのか、情事ののちの髪の乱れを意味するのか等々、解釈はさまざまである。とはいえ、「かきやりし」の「し」は助動詞「き」で、今は失われた過去を表わす意味だから、掻きやられたのは過去で、髪の乱れは現在であることだけは確かである。

藤原定家《ふじわらのていか》の「かきやりしその黒髪のすぢごとにうち臥すほどは面影《おもかげ》ぞたつ」という歌は、この和泉式部の歌を本歌《ほんか》としたものである。かつて共に臥した折に髪をかきやった、その黒髪の一本一本の筋が見えるほどに、独《ひと》り寝《ね》の今もあの人の面影《おもかげ》が目に浮かぶ、と歌っている。定家が和泉式部の歌を官能に満ちた世界として理解したことがうかがえよう。

＊我妹子が……拾遺集・哀傷・一二八九・柿本人麿。

＊橘道貞―和泉守・陸奥守を歴任。和泉式部の最初の夫。（?〜一〇一六）。

＊藤原定家―鎌倉時代前期、新古今集の代表的な歌人。（一一六二―一二四一）。

＊かきやりし……―新古今集・恋五・一三九〇。

＊本歌―和歌を作る際に踏まえた元の和歌。

02

春霞《はるがすみ》立つや遅《おそ》きと山河《やまがは》の岩間《いはま》をくぐる音聞《おときこ》ゆなり

【出典】後拾遺和歌集・春・一三、和泉式部集・一

立春の今日、春霞が立つとともに、山河の岩間をくぐりぬけて流れる雪解けの水の音が聞こえるようだ。

『和泉式部集』巻頭の歌。百首歌《ひゃくしゅうた》「春」の題のうちの一首。「霞立《かすみた》つ」に春が「立つ」という、立春の意を響かせて、霞《かす》み立つ春の訪れを喜び、雪解けの水の流れに躍動感を覚えて詠んだ歌である。

『古今和歌集』春上の巻頭二首目には、*紀貫之《きのつらゆき》の「*袖《そで》ひちてむすびし水の氷れるを春立つ今日の風やとくらむ」という歌がある。立春の到来《とうらい》を雪や氷の解ける水の流れのうちに察するのは、この歌にもあい通ずる感覚である。

【詞書】春（和泉式部集）。

*紀貫之―古今集の編者の一人で仮名序を執筆。土佐日記の作者。（？―九四五）。

*袖ひちて……―古今集・春上・二、夏に袖を濡らして手ですくった水が、冬になって凍ったのを、立春の今日の

とはいえ、貫之の歌の場合は現在推量の助動詞「らむ」を用いて目前にないものを推量するのに対して、この歌では下の句に「岩間をくぐる音聞ゆなり」とあって、推定の助動詞「なり」を用いることで、耳で聞いた音の情報から風景を推量したものとなっている。

「百首歌」とは、『和泉式部集』の冒頭におかれた九十七首の一群を総称したもの。平安時代中期には、*曾禰好忠《そねのよしただ》・*源　順《みなもとのしたごう》・*恵慶《えぎょう》など多くの歌人が百首歌の制作を試みており、春夏秋冬や恋などといった題のもとにそれぞれ一定数の歌が詠まれた。和泉式部の百首歌の場合、本来は春夏秋冬恋各二十首だったと思われ、明確な成立年次はわからないが、和泉式部の現存諸作品の中では初期の成立と考えられている。ちなみに前掲の「黒髪の……」の歌も、この百首歌の「恋」の題のうちの一首である。

和泉式部の和歌は一般に、感情を率直に歌い上げるという印象が強いが、百首歌の場合はその性格上、風景に寄せて歌う詠《よ》みぶりが目立つ。百首歌の先達《せんだつ》である曾禰好忠は、『古今集』以来の伝統的な歌風を破った革新的な歌人として知られているが、和泉式部がこうした先達の百首歌に学びながら、次第に自らの歌風を形作っていく様子がうかがえよう。

風が今ごろ解かしているのだろうか。

*曾禰好忠―生没年未詳。平安時代中期の歌人。

*源順―平安時代中期の歌人。後撰集の撰者の一人。(九一一―九八三)。

*恵慶―生没年未詳。平安時代中期の僧侶で歌人。拾遺集等に入集。

03

岩つつじ折《を》り持《も》てぞ見る背子《せこ》が着《き》し紅染《くれなゐぞ》めの衣《きぬ》に似たれば

【出典】和泉式部集・一九

岩躑躅の咲く花を手折ってじっと見ることだ、私の恋しいあの人が着ていた紅染めの衣の色に似ているので。

百首歌の「春」のうちの一首。つつじの咲く様子を見ながら、夫（恋人）の着ていた衣の紅色に似通《にかよ》うと感じて、花を装束に見立てて、夫への愛着を歌い上げたものである。赤色の装束とは、五位の袍《ほう》の緋色《ひいろ》とも、*掻練《かいねり》の色ともされるが定かでない。「岩つつじ」は山地に自生《じせい》し、小輪の花が咲く。和泉式部には他に*「岩つつじ言はねば疎《うと》しかけて言へば物思ひまさるものをこそ思へ」といった歌もある。口に出して言わなければ疎遠《そえん》になるが、言葉に

【他出】後拾遺和歌集・春下・一五〇。詞書「つつじをよめる」、第五句「色に似たれば」。

*掻練―練って糊を落とした柔らかな絹の布。紅や濃紫が多い。

*岩つつじ言はねば……―和泉

したらそれはそれで悩みが深くなる、といった意。「岩つつじ言はねば」と「イハ」の音を繰り返し、「岩つつじ」を「言はねば」の序詞《じょことば》として用いたものである。「つつじ」は漢詩文によく見られる素材でもあった。

「背子《せこ》」は、通常は女性から親しい男性を呼ぶ言葉で、夫や恋人を指す。男性から親しい女性を呼ぶ場合の「妹《いも》」の対義語で、『万葉集』時代の和歌にしばしば用いられたが、「妹」に比べれば「背」の使用例は少なく、代わりに女性が男性を呼ぶ場合には「君」という尊称も用いられた。平安時代の和歌では「妹」「背」ともに激減し、性別にかかわらず「人」の語によって恋人や、夫もしくは妻を指すようになった。

その「背子」の語の『古今集』におけるわずかな使用例に、「我が背子が衣の裾《すそ》を吹き返しうらめづらしき秋の初風《はつかぜ》」*という歌がある。私の恋しい人の衣の裾を吹き返して裏を見せるように、うら珍しい秋の初風が吹く事よ、といった意であり、上の句が序詞となって「うら」に掛かっている。序詞と後続の内容は一見無関係だが、残暑のなかに待望の秋風を味わう思いと、夫の来訪を喜ぶ思いには、通ずるものがあろう。季節の風物のうちに「背子」の衣を連想するこの発想は、和泉式部の歌にも受け継がれている。

式部集・六九八。

＊我が背子が…—古今集・秋上・一七一・読人知らず。

04

ながめには袖《そで》さへ濡《ぬ》れぬ五月雨《さみだれ》におりたつ田子《たご》の裳裾《もすそ》ならねど

【出典】和泉式部集・三五

長雨のころには、物思いにふけって涙に袖までも濡れてしまう、五月雨に降りて立つ農夫の裳の裾ではないけれど。

百首歌の「夏」の中の一首。「ながめ」に「長雨《ながめ》」と「眺《なが》め」を掛けて、田んぼに降り立つ農夫の姿になぞらえたもの。「袖」を「空」とする本文もある。物思いのあまりに涙で袖や枕が濡《ぬ》れる、というのは、平安和歌にはしばしば見られる発想であるが、「田子」すなわち農夫の衣が濡れるのにたとえているところには、やや粗野な印象も感じられる。

*『古今和歌六帖《こきんわかろくじょう》』という平安中期になされた*類題《るいだい》歌集には、*「五月雨に苗

*古今和歌六帖―私撰和歌集。編者・成立年未詳。十世紀終わり近くの成立か。古今六帖とも。万葉集・古今集・後撰集などの歌を、題ごとに編集。作歌の手引書として用いられた。

ひき植《う》うる田子よりも人をこひぢに我ぞ濡《ぬ》れぬる」という歌がある。「こひぢ」に「泥《ひぢ》」と「恋路」の意を掛けて、泥まみれになって働く農夫に自らをたとえて苦悩を訴えたものである。ここにみられる裳の裾を濡らすという発想は、初期の百首歌に好まれたようで、曾禰好忠《そねのよしただ》にも「*草迷《くさまよ》ふ夫《せ》なが早稲田《わさだ》をかきわけて入《い》るとせし間《ま》に裳裾濡らしつ」などと詠《よ》まれ、男が田に分け入る姿が歌われている。

『源氏物語』葵巻にはこれに似た、「袖濡るるこひぢとかつは知りながら下《お》り立つ田子のみづからぞ憂《う》き」という歌がある。光源氏の年上の愛人であった六条御息所《ろくじょうみやすどころ》は、光源氏の正妻葵《あおい》の上《うえ》と、*賀茂祭《かもまつり》の見物の際に牛車《ぎっしゃ》の立ち位置をめぐって争い、屈辱的な思いをさせられ、以後ますます物思いに沈みがちとなっていた。光源氏は見舞いに訪問したものの、翌日は葵の上の体調不良を口実に今夜は訪問できないと断りの使いを寄越《よこ》した。右の歌は、所詮《しょせん》は口実と察した六条御息所が光源氏に詠みかけたもので、対する光源氏は鄭《てい》重《ちょう》に返歌をするものの、自ら訪れることはしない。その後まもなく、六条御息所は生霊《いきりょう》となって葵の上に取りついてしまう。源氏物語の古い注釈である『*細流抄《さいりゅうしょう》』において、「物語中第一の歌」と評される歌である。

*類題歌集―題ごとに歌を分類して編集した歌集。

*五月雨に……―古今和歌六帖・第一・八八。

*草迷ふ……―好忠集（曾丹集）・三八四。

*賀茂祭―上賀茂神社と下鴨神社の祭礼。古くは四月の第二の酉《とり》の日に行われた。「葵祭」とも。

*細流抄―源氏物語の注釈書。三条西実隆著。十六世紀初頭の成立。

05

ありとても頼《たの》むべきかは世の中を知《し》らするものは朝顔《あさがほ》の花

【出典】後拾遺和歌集・秋上・三一七、和泉式部集・五五

今、生きているからといって当てになるであろうか、いや何の当てにもならない。そのような無常の世の中を思い知らせるものは朝顔の花なのである。

百首歌の「秋」の題のうちの一首。「朝顔」に寄せて、この「世の中」の「はかなさ」、無常を歎《なげ》いた歌。「かは」は反語。「朝顔」は『万葉集』に「*萩《はぎ》の花尾花葛花《をばなくずはな》なでしこの花をみなへしまた藤袴《ふぢばかま》朝顔の花」と*秋の七草の一つに数えられることから、古くは桔梗《ききよう》を指していたかともされる。しかし、和泉式部の歌では無常の象徴として詠まれているから、咲いてはすぐに萎《しぼ》む今日の朝顔と同類のものを指すと考えてよいだろう。

*萩の花…―万葉集・巻八・一五三八・山上憶良。

*秋の七草―秋の野に咲く七種の花の総称。萩《はぎ》・尾花《をばな》・葛《くず》・撫子《なでしこ》・女郎花《おみなえし》・藤袴《ふじばかま》・桔梗《ききよう》のこと。

人の命やこの世の人間関係の移ろいやすさは、しばしば「夢」「桜」「露」「泡」などにたとえられた。「朝顔の花」は美しく花開くものの日が昇るとまもなく萎《しぼ》むために、世のはかなさ、無常を歌うのにはまことにふさわしかった。『源氏物語』では光源氏は最愛の人藤壺《ふじつぼ》の没後、その空虚を埋《う》めるべく式部卿宮《しきぶきようのみや》の姫君に求愛する。だが、光源氏に心惹《こころひ》かれつつも愛の持続を信じられない姫君は、結婚を承諾せず、「秋はてて霧のまがきにむすぼほれあるかなきかにうつる朝顔」（朝顔巻）と歌った。秋の終わりの垣根に残る朝顔の花に、歳を重ねて衰えを感じる自《みずか》らをたとえたものである。そもそもこの女君と「朝顔」との連想は、帚木《ははきぎ》巻で、若き光源氏が贈ったと噂される「朝顔」の歌に端《たん》を発する。「朝顔」は「顔」の音の響きから、朝の顔の意を連想させることもあったから、光源氏との男女の関係の有無も疑われるところだが、真相は定かでない。

こうした「朝顔」の語の連想性を踏まえれば、和泉式部の「ありとても」の歌の「世の中」とは、世間の意にも、男女の仲の意にも解釈できよう。人の寿命はあてにならないが、生きている人間の関係、ましてや男女の間柄などどれほどあてにできようか、といった諦《あきら》めを感じさせる一首である。

06

晴れずのみものぞ悲しき秋霧《あきぎり》は心のうちに立つにやあるらん

【出典】後拾遺和歌集・秋上・二九三、和泉式部集・五七

心が晴れず、ただ物悲しさを感じる。秋霧が立ち込めるとあたり一面がもやもやとするが、秋霧とは心の中に立っているのだろうか。

【詞書】題知らず（後拾遺和歌集）。

百首歌の一首で「秋」。心がもやもやと晴れず、物思いに沈む気持ちを、秋霧の立つ風景にたとえたもの。「霧《きり》」は水蒸気が細かな粒子《りゅうし》となって視界を曇《くも》らせる現象で、「霞《かすみ》」と同義であるが、『古今集』以降はおおむね、春は「霞」、秋は「霧」と、季節によって使い分けられるようになり、後代の俳諧《はいかい》の季語《きご》としても定着した。

末尾の「立つにやあるらん」の「らん」は現在推量の助動詞で、一般に、

①目前にない場合、②目前にある場合、に分けて訳される。この歌の場合、自分の心の中を推測しているのだから、①の目前にない場合の例と考え、「秋霧は今頃心の中に立っているのだろうか」とも訳せる。一方、②の例と考え、これほど心が晴れず物悲しく感じてしまうのは「秋霧が心の中に立っているからなのだろうか」と、原因理由の意に解釈する事もできよう。いずれにせよ、自分の内面と外界とを一続きに捉《とら》えている点が特徴的である。

春の「霞」が遠い山の美しい桜を隠すヴェールのたとえだとすると、秋の「霧」はしばしば心の憂《うれ》いの象徴とされた。『古今集』の「*秋霧の晴るる時なき心には立《た》ち居《ゐ》のそらも思《おも》ほえなくに」などもこの歌の発想のもととなっていようか。秋霧の晴れる間もないようにふさぎこんで、立ち居さえもおぼつかない、といった意味である。和泉式部の歌の場合、心の憂《うれ》いを、心に霧が立つと発想し、それを「らん」で推量するところに新しさがある。

『源氏物語』では、夕霧《ゆうぎり》が亡き親友柏木《かしわぎ》の未亡人を訪ねていく*小野《おの》の里や、*宇治十帖《うじじゅうじょう》の世界などではしばしば「霧」の風景が描かれる。水源が近く霧が立ち込めやすい土地柄というだけでなく、そこに暮らす女君たちの心の憂いを象徴する風景となっている。

*秋霧の…―古今集・恋二・五八〇・凡河内躬恒。

*小野―京都市左京区、大原一帯のこと。伊勢物語には惟喬親王《これたかしんのう》（八四四―八九七）が隠《いん》棲《せい》した地として描かれる。

*宇治十帖―源氏物語の最後の十帖で、光源氏没後の物語。宇治八の宮の娘たちをめぐる、匂宮と薫たちの物語。

07

寝《ぬ》る人を起こすともなき埋《うづ》み火《び》を見つつはかなく明かす夜《よ》な夜《よ》な

【出典】和泉式部集・六九、一六七

寝ている人を起こすというわけでもなく、火を熾《おこ》すというのでもない埋み火を見ては見てはしながら、むなしく夜を明かす事だよ、毎夜毎夜。

【詞書】埋み火（和泉式部集・一六七）。
【類歌】和泉式部続集・五六三、第一句「まどろむを」、第五句「あかす頃かな」。

百首歌のうちの「冬」の一首。「埋《うづ》み火《び》」は、灰の中に埋めた炭火のこと。「おこす」に、人を「起こす」と火を「熾《おこ》す」とを掛けており、下の句がリズミカルな印象を与える一首である。

寝ている人とは、夫なのか。あるいは、待つ人の来ぬ侘《わび》しさに独《ひと》り耐《た》えているのか。いずれにせよ、灰の中で小さく燃える炭を自分が見ているのは、物思いに捉《とら》われて眠れないからであろう。「埋み火」は詠《よ》み手の心身に潜《ひそ》む情念そのものの象徴である。炭がはかなく燃え尽きて灰となる光景に、空虚さが表されているともいえようか。

「埋み火」を詠んだ歌としては、*凡河内躬恒《おおしこうちのみつね》に、「*夢にだに寝《ね》ばこそ見えめ埋み火のおきゐてのみぞあかしはてつる」という歌がある。現実には逢えなくても夢の中だけでは逢える、としばしば和歌に詠まれる発想なのだが、起きたままでは夢を見ることさえもできない、と恋の苦しみを訴えたもの。「埋み火のおきゐて」と、「熾《お》きる」「起きる」の掛詞《かけことば》を通じて、一晩中眠れない様子を歌っており、この和泉式部の歌にも受け継がれる発想である。

また、*『和漢朗詠集《わかんろうえいしゅう》』の「炉火《ろか》」の項には在原業平《ありわらのなりひら》の、「*埋み火の下に焦《こ》がれし時よりもかくにくまるる折ぞわびしき」という歌がある。心ひそかに焦がれる思いを「埋み火」にたとえたものである。埋み火が灰の下で焦がれるように、心の奥でひそかに恋に焦がれていた頃よりも、今こうして恋しい人に憎まれる折の方がもっと侘《わび》しい、という。和泉式部の歌には、この歌のように心ひそかに、といった文言は表層には出ていないが、「埋み火」を詠んだからには心の奥に潜《ひそ》む情念を歌ったものと考えられよう。

*凡河内躬恒―生没年未詳。平安時代前期の歌人。古今集の撰者の一人。

*夢にだに……―躬恒集・一二四。

*和漢朗詠集―寛弘から寛仁年間（一〇〇四―一〇二〇）の成立か。藤原公任《ふじわらのきんとう》の撰。題ごとに漢詩の一節と和歌を集めたもの。

*埋み火の……―和漢朗詠集・三六六。

08

見渡せば真木《まき》の炭焼《すみや》く気《け》をぬるみ大原山《おほはらやま》の雪のむら消《ぎ》え

【出典】和泉式部集・七二

見渡すと真木の炭を焼く空気がなま暖かくなっているので、そのためか、大原山に降り積もった雪も、溶けかかってまだらに消え残っていることよ。

百首歌の「冬」の歌の一首。山深い大原山の風景を詠んだもの。「雪のむらぎえ」は積もった雪が部分的に溶けて地面が見えているところもあれば、まだ消え残っている部分もある様子で、残雪がまだらになっていることをいう。通常は春の訪れを間近に感じさせる風景であろうが、ここではまだ季節は冬だと読み取りたい。真木を焼く炭焼きの熱で、その周辺だけが暖かになり、春の訪れより一足早く雪解けしている、あるいはそのように見える、というのである。この歌の歌い手の視点をどこに設定するかは、いろいろに考えられようが、大原山を遠くから眺めた風景、と考えてよかろうか。遠方から見ればどの山も大差なく見える中で、大原山は特別に雪がまだらに見えた、それは炭焼きの熱のためだ、という理屈なのだろう。あるいは、実際に見た風景ではなくて、大原山といえば炭焼きだ、という連想から、想像のうちに思い描いた風景だったかもしれない。

大原は京都市左京区大原。古来*比叡山《ひえいざん》との関係が深く、天台宗の三千院《さんぜんいん》・寂光院《じゃっこういん》などがある。王朝貴族の別荘地であり、出家者の隠棲《いんせい》の地であった。また、古くから木材や薪の供給地で、炭焼きの地として知られ、大原女《おはらめ》が頭上に籠を載《の》せて行商した。大原の炭焼きの風景を詠んだものとしては、*『好忠集』に「*大原や真木の炭窯《すみがま》冬くればいとどなげきの数やつもらむ」などの歌がある。「歎き」と「投木」を掛詞にして、大原の薪の炭窯では冬になると、ますます窯に投げ入れる木がうずたかくなっているだろうか、歎きがうず高くつもっているだろうか、と詠んだものである。鄙《ひな》びた山の冬の風景が、都の人にとってはかえって新鮮に映り、和歌の題材としておもしろみが感じられたのではなかろうか。

*比叡山—京都市北東部から滋賀県大津市方面にまたがる山。延暦寺があり、信仰の場。

*好忠集—曾禰好忠の私家集。曾丹集とも。

*大原や……—好忠集・三三五。

09

いたづらに身《み》をぞ捨てつる人を思ふ心や深き谷となるらん

【出典】和泉式部集・八〇

無為なことに身を捨ててしまった。あの人を思う私の心が、深い谷となっているから、そこに身を捨ててしまうのだろうか。

【詞書】恋。

百首歌の「恋」の一首。恋に落ちた自分を、無為《むい》なことに身を捨てたと自嘲的に捉え、谷ともならんばかりの思いの深さに戸惑《とまど》う趣《おもむき》である。

『古今集』雑《ぞう》下部には、「世の中の憂《う》きたびごとに身を投げば深き谷こそ浅くなりなめ」＊と、つらい事があるたびに谷に身を投げたら、深い谷もきっと浅くなってしまうだろう、という歌がある。この歌を踏まえながらも、和泉式部の歌は、「谷」を自分の思いの深さの比喩《ひゆ》としている。とはいえ、なぜ

＊世の中の……古今集・雑下・一〇六一・読人知らず。

「思ふ心」が「谷」になるのか、直感的には分かるものの、論理的には飛躍も感じられる。歎きの涙が河となり、地をえぐって谷となるのだろうか。としても、「心」が「谷」になったところに「身」を捨てるという、「心」「身」の関係もやや複雑である。

古代日本語における「身」と「心」は、西洋的な身体と精神の二元論とはやや異質に、「身」と「心」とを対立する二者とは考えず、相互に連動するものと考えた。『古今集』には、「人を思ふ心は我にあらねばや身のまどふだに知られざるらむ」*などと歌われる。本来「心」は自分の一部であるはずだが、恋に夢中になった「心」は我を忘れて、「身」がこれほど戸惑って放浪しても気がつかない、と歎いたもの。心身が自分の統御《とうぎょ》を超えて勝手に動くことを憂《うれ》いた歌である。また『紫式部集』には、「数ならぬ心に身をばまかせねど身にしたがふは心なりけり」*などと、「心」のままには生きられないものの、結局は「身」すなわち境遇の方に「心」がやむなく従属していく、と心身の不即の関係を詠嘆する。和泉式部の歌における「身」とは身体の意味であろうが、「心」が「谷」になり「身」をそこに捨てるという発想も、心身の付かず離れずの関係への理解から生じたものといえる。

*人を思ふ……古今集・恋一・五二三・読人知らず。

*数ならぬ……紫式部集・五四。

10

つれづれと空《そら》ぞ見らるる思ふ人天降《あまくだ》りこんものならなくに

【出典】和泉式部集・八一

――ぼんやりと空を見てしまう、心に思う人が、天から降りてくるものでもないのに。――

百首歌の「恋」の題のうちの一首。放心《ほうしん》して空を仰《あお》ぎ見る孤独な心を歌ったもの。「見らるる」の「らるる」は自発の助動詞で、「おのずと……する」の意。「ならなくに」は、断定の助動詞「なり」の未然形「なら」に「なくに」が接続したもの。「なくに」は、打消の助動詞「ず」のク語法「なく」に助詞「に」が付いたもので、「ないのに」「ないものを」の意。「天降《あまくだ》る」とは、天上界から地上界に降りること。『*枕草子《まくらのそうし》』「めでたき

＊枕草子―清少納言の作。一

もの」の段に「もてなし、やむことながり給へるさまは、いづこなりし天《あま》降人《くだりびと》ならむとこそ見ゆれ」とあって、「天降人」は天から降りてくる高貴な様子の人、天人の意。「天翔《あまかけ》る」などという言葉もあって、神や霊魂や鳥が天空を飛び交《か》うことをいう。

この歌の成立事情については、帥宮《そちのみや》没後にその死を悼《いた》んで詠んだ哀傷《あいしょう》の歌と捉える説、不在の恋人に思いを馳《は》せて放心した歌とみる説などがある。いずれとも容易には決めがたいが、『和泉式部日記』中にも「つれづれ」と物思いにふける場面はしばしば見られるから、必ずしも恋人の没後と考えなくてもよいだろう。

また、この歌は『古今集』の「*大空は恋しき人の形見《かたみ》かはもの思ふごとにながめらるらむ」を踏まえているともされる。大空は恋しい人の形見なのか、そうではないだろうに、物思いにふけるたびに、ぼんやりと眺《なが》めてしまっている、という意味である。この歌の発想からすれば、和泉式部の歌も哀傷の歌と理解する必要はない。「天降り」の「天《あま》」は「空《そら》」と違って、この世とは別次元の異界《いかい》の意味であるから、「天降り」来る人も、具体的な誰かを想定せず、神や天人といった架空の抽象的な存在と考えてもよいだろう。

〇〇〇年前後頃に時間をかけて成立。一条天皇中宮定子に仕えた宮廷生活をもとに書かれたもの。章段の特徴ごとに、類聚《るいじゅう》章段・日記的章段・随想章段に分けて理解される。

*大空は……—古今集・恋四・七四三・酒井人真《さかいのひとざね》。

11

逢《あ》ふことを息《いき》の緒《を》にする身《み》にしあれば絶《た》ゆるもいかが悲しと思はぬ

【出典】和泉式部集・八九

あなたとの逢瀬《おうせ》のひと時を、命をつなぐ糸にしている我が身であるので、あなたに逢えないのならば、命が絶えるとしても、ちっとも悲しいとは思わない。

百首歌「恋」の題のうちの一首。男との恋に殉死《じゅんし》するかのような女の真情《しんじょう》を歌い上げた歌である。恋のためならば、本来つらいことのはずの自らの寿命が尽《つ》きることを少しも厭《いと》わないと、逆説的に発想した歌である。

＊『小倉百人一首《おぐらひゃくにんいっしゅ》』でも知られる「＊逢《あ》ふことの絶えてしなくはなかなかに人をも身をも怨《うら》みざらまし」という歌では、逢う事がまったく絶えて期待できないのなら、かえってあの人のつれなさをも自分の不運さをも怨《うら》まずにすむ

＊小倉百人一首―百人の歌人の歌を一首ずつ集めた歌集。藤原定家撰。成立年未詳。

＊逢ふことの…―拾遺集・恋一・六七八・藤原朝忠。

だろうのに、とされる。和泉式部の歌も、「逢うこと」と「絶ゆる」ことの関係を詠んだ点でこの朝忠の歌に相通《あいつう》じている。

「息《いき》の緒《を》」の「息」は「生き」に通ずる。「緒」とは細く長く続くもののこと。つまり「息の緒」とは、息が長く続くことを「緒」にたとえたもので、さしずめ「命綱《いのちづな》」の意であり、ひいては命そのもののことである。『万葉集』に「*なかなかに絶《た》ゆとし言はばかくばかり気緒《いきのを》にして我恋《あれこ》ひめやも」と、いっそ、もう終わりだというのならば、言ってほしい、これほど命がけで私はあなたを恋い慕うだろうか、と歌われてもいる。

「息の緒」に似た言葉に、「玉《たま》の緒《を》」という言葉がある。「玉」は「魂」に通ずるところから、霊魂が身から離れないように繋《つな》ぎとめておく紐《ひも》の意で、ひいては命の意。『小倉百人一首』に名高い*式子内親王《しよくしないしんのう》の歌、「*玉の緒よ絶えなば絶えねながらへば忍《しの》ぶることの弱りもぞする」も、命が絶えるならば絶えてしまってくれ、なまじに生き長らえて、我慢の限界を超《こ》えて、人目を忍ぶ力が尽きるといけないから、と、やはり逆説的な論法で命の絶えることを願っている。和泉式部の歌も、式子内親王の歌も、「息の緒」「玉の緒」の細く長い印象から、その不確かさを連想したものだろう。

*なかなかに……―万葉集・巻四・六八一・大伴家持。

*式子内親王―後白河天皇の第三皇女。平安末期・鎌倉初期の女流歌人。（一一四九―一二〇一）。

*玉の緒よ……―新古今集・恋一・一〇三四。

12

君恋《きみこ》ふる心は千々《ちぢ》に砕《くだ》くれど一つも失《う》せぬものにぞありける

【出典】後拾遺和歌集・恋四・八〇一、和泉式部集・九一

あなたを恋しく思う心は千々に乱れ、砕けるけれども、そのかけらの一つたりとも消えないものであった。

百首歌の「恋」の題のうちの一首。「君《きみ》」とは古語では敬称で、ここでは現代語の「あなた」の意。『万葉集』時代から主君の意味のほか、女から男を親愛の情をこめて呼ぶ場合にも用いられ、平安和歌では、男女を問わず相互に、恋の相手を呼ぶ場合に多く用いられた。したがって、恋しい相手への思いを歌った歌である。

「千々《ちぢ》」とは、非常にたくさん、という意。曾禰好忠《そねのよしただ》に「君恋《*きみこ》ふる心は

*君恋ふる……―好忠集・四一六。

千々に砕《くだ》くるをなど数《かず》ならぬ我が身なるらん」とあって、上の句はほぼ同じで、心が粉々に砕ける、という発想がすでに認められる。あなたを恋しく思う心は千々に砕けているのに、どうして自分は数のうちにはならず、取るに足らない我が身なのか、といった意。心は「千々に」砕けるのに、身は「数ならぬ」と対比させたもので、「数ならぬ」に、取るに足らない、という意味のほか、複数ではない、の意を重ねたものである。いっぽう和泉式部の歌の場合、「心」そのものを物体に見立て、こなごなに砕けてもその破片は一つもなくならない、と発想するところが特徴的で、新鮮味がある。

「千」と「一」との対比によって構成する発想としては、*大江千里《おおえのちさと》の「*月見れば千々に物こそかなしけれ我が身一つの秋にはあらねど」という歌が名高い。「千々に」と思い乱れる心の一方で、秋の物悲しさは「我が身一つ」ではない誰でも同じなのに、とする。こうした対句《ついく》的な発想には漢詩の影響が見て取れよう。そのほか『*伊勢物語』九四段でも、「千々の秋一つの春にむかはめや紅葉《もみぢ》も花もともにこそ散れ」などとあって、「千々」「一つ」、「秋」「春」、「紅葉」「花」と、三つの対が一首の中に詠みこまれるという、技巧をこらした歌となっている。

*大江千里―生没年未詳。平安時代前期の歌人。
*月見れば…―古今集・秋上・一九三。
*伊勢物語―平安時代の歌物語。作者・成立年未詳。在原業平の歌を中心とした物語で、男の一代記の形をとる。

13

世の中に恋《こひ》といふ色はなけれども深く身にしむものにぞありける

【出典】和泉式部集・九七

世の中には「こひ」という名前の色はないのだけれども、まるで染色の色が布地にしみていくように、恋の思いが深く身にしみるものであったなあ。

百首歌の最後の一首で、題は「恋」。恋に心がいっぱいになった様子を、染色になぞらえて詠んだ歌。「こひ」に「濃い緋色《ひいろ》」の意を掛けると考える説もある。さらには、その装束《しようぞく》を着ていた男性として橘道貞《たちばなのみちさだ》などを具体的に想定する解釈もあるが、特定の人物に限定する必要はないだろう。総じて平安時代の和歌は、必ずしも個人の実体験に基づくものではなく、しばしば与えられた題や、虚構の設定に応じて制作するものだったからである。

【他出】後拾遺和歌集・恋四・七九〇、第二句「恋てふ色は」。

『古今和歌六帖《こきんわかろくじよう》』には、「*色なしと人や見るらん昔より深き心に染《そ》めてしものを」などといった歌も見られる。色がないと人は見ているだろうか、昔から深い心に色を染めておりましたのに、深い情愛を抱いておりましたのに、といった意である。このように、心のあり方を「色」に染まることとの連想から捉える発想自体は、必ずしも新しくはない。しかし、右の歌の場合、『古今和歌六帖』の歌と異なり、「心」ではなく「身」との関係を捉えている点、すなわち「身にしむ」であって「心にしむ」でない点が注目される。「身」と「心」とは一見対義語のようであるが、古代日本語においては、「身」は身体の意、「心」は精神の意、という具合に単純に二元的ではない。「身のほど」などというように、「身」は時には自己を取り巻く環境を含んだものとしても自覚され、時には「心」に近い意味ともなった。

和泉式部には「*秋吹くはいかなる色の風なれば身にしむばかりあはれなるらん」という作もある。秋風が身にしみるのを、風には色があるのか、と視覚的な感覚に置き換《か》えて捉えたもの。「恋の色」が「身にしむ」と捉えた感覚に相通ずるものがあろう。恋の思いが知らず知らずに全身を満たしていく、心身の不即不離《ふそくふり》の感覚、やむにやまれぬ情動を捉えた一首といえよう。

＊色なしと……―第五・三四八一。

＊秋吹くは……―詞花集・秋・一〇九。

14　冥《くら》きより冥《くら》き道にぞ入《い》りぬべきはるかに照《て》らせ山の端《は》の月

【出典】拾遺和歌集・哀傷・一三四二、和泉式部集・一五〇、八三四

暗い闇から、さらに暗い道に入ってしまうに違いありません。どうぞ遥《はる》か彼方から、私の行くべき道を照らし出してお導きください、山の端にかかる月よ。

和泉式部の歌の中でも、とりわけ名高い歌。『法華経』化城喩品《けじょうゆほん》「従冥入於冥、永不聞仏名（冥《くら》きより冥きに入り、永く仏名《ぶつみょう》を聞かず）」の発想によったものとされる。『拾遺集《＊しゅうい》』では哀傷《あいしょう》の部に入集《にっしゅう》。哀傷の部は、『古今集』などでは人の死を悼《いた》む歌を中心に集めた部であるが、これは仏教関連の歌としての入集である。

詞書《ことばがき》にある「播磨《はりま》の聖《ひじり》」とは、播磨《はりま》国書写山円教寺《しょしゃざんえんぎょうじ》を創建した名僧、性《＊しょう》

【詞書】性空上人のもとに、詠みてつかはしける（拾遺和歌集）、播磨の聖の御許に、結縁のために聞こえし（和泉式部集）。

＊拾遺集―第三番目の勅撰和歌集。寛弘二～四年（一〇〇五―七）頃の成立。花山院の

空上人《くうしょうにん》のこと。円教寺は天台宗の寺で、現在も兵庫県姫路市にある。性空上人は、花山院《かざんいん》・円融院《えんゆういん》・藤原道長《ふじわらのみちなが》・藤原公任《ふじわらのきんとう》らに尊敬されたが、求められても上京はしなかったようである。この歌は、はるか彼方《かなた》から照らす真如《しんにょ》の月の光で、迷える私を導いてください、と性空上人に訴えたものである。

成立時期については、少女時代とする説と、帥宮《そちのみや》との生活の中での寛弘二年（一〇〇五）頃とする説がある。和泉式部の歌の中では勅撰集に採《と》られた最初の歌であり、後に取りあげる23の「津の国の〜」の歌と並んでどちらが式部の代表歌か、古来論争されてきた。また、『*古本説話集《こほんせつわしゅう》』など後代の説話では、罪障《ざいしょう》深い和泉式部も、この歌によって成仏《じょうぶつ》したとされている。

『和泉式部日記』には、この歌に似た、「*山を出でて冥《くら》き道にぞたどりこし今ひとたびの逢ふことにより」という歌が見える。石山寺《いしやまでら》にしばし参籠《さんろう》した女がやがて都に戻り、宮からの贈歌に応じたものである。石山寺は京の都から少し離れた現在の滋賀県大津市にある真言宗の寺で、平安時代には人々に信仰され、物詣《ものもうで》や参籠の場であった。石山寺を出て「冥き道」とは知りながらも、ただもう一度逢いたい一心で悩み多い宮との関係に舞い戻ってきたという、女の決意のほどがうかがえる。

撰かとされる。

＊性空上人―平安中期の天台宗の僧侶。（九一〇―一〇〇七）。

＊古本説話集―説話集。鎌倉時代初期の成立か。編者未詳。和歌説話と仏教説話を収めており、今昔物語集・宇治拾遺物語などと共通する説話も含まれる。

＊山を出でて…―和泉式部日記・六一。

15

ともかくも言《い》はばなべてになりぬべし音《ね》に泣きてこそ見せまほしけれ

【出典】和泉式部集・一六二

あれこれとも言うならば、ありきたりのことになってしまうに違いない。ただ泣いてその姿を見せたいものだ。

【詞書】歎く事ありとききて、人の「いかなる事ぞ」と問ひたるに。

【他出】和泉式部続集・二一二、詞書「ある人のもとに」、第四句「音にこそ泣きて」、千載和歌集・恋五・九〇六、第五句「見すべかりけれ」。

詞書《ことばがき》によれば、何を歎いているの、と尋ねてくれた人に答えた歌だという。「なべて」とは、並《なみ》一通り、の意。「なりぬべし」の「ぬべし」とは、強意の助動詞「ぬ」と当然の助動詞「べし」である。「音に泣く」は、声を立てて泣くこと。何かを言葉に出して説明すれば、どこにでもあるような、ありきたりの話でしかない。しかし、ただ声に出して泣いている私の姿を見せたい、どれほど私にとって切実なことであるかは、その姿から察してほしい、という意味である。心配して尋ねてくれた人は親しい間柄であったのだろうか、やや甘えた趣も感じられる。

言葉で表現することの限界を詠んだ歌としては、たとえば、「*心には下《した》ゆく水のわきかへり言はで思ふぞ言ふにまされる」が有名である。心の底では情熱があふれ返っているのに、言葉に出さないで心に思っているのは、言葉に出して言うのにもまさって思いが深いものだ、といった趣旨である。また「*人知れぬ我がもの思ひの涙をば袖につけてぞ見すべかりける」などといった歌もある。「思ひ」と「緋《ひ》」とを掛詞にして、赤い涙、「血涙《けつるい》」を連想させ、涙のあまりに赤く染まった袖を見せたい、という。悲しみが極《きわ》まると血の涙が流れる、という漢文に見られる発想によったもの。詞書に「袖」という人を使いにやったとあるから、その連想にからめて詠まれた歌ではあろうが、言葉を超えた感情を物やしぐさによって表し出した歌の先駆《せんく》といえよう。

とはいえ和泉式部歌の場合、沈黙でも物でも人でもなく、泣きまろぶ自らの身体表現で表そうという点が新鮮である。しかもこの訴え自体は、結局は和歌という言葉にほかならないという矛盾――。まことに和泉式部らしい激しい情念の表出を思わせつつ、きわめて知巧《ちこう》的な一首である。

*心には……――古今和歌六帖・第五・二六四八。

*人知れぬ……――後撰集・恋三・七六二・読人知らず。

16

瑠璃《るり》の地《ち》と人も見つべし我《わ》が床《とこ》は涙の玉と敷《し》きに敷ければ

【出典】和泉式部集・二八七

まるで仏の浄土のような「瑠璃」の地だと、人は見るに違いない。私の寝所は、日々涙にくれて過ごしているために、涙の玉を敷き詰めに敷き詰めているのだから。

観身論命歌群《かんしんろんめいかぐん》の一首。「観身論命歌群」とは、『和泉式部集』二六八〜三一〇番歌。*藤原公任《ふじわらのきんとう》の撰による『和漢朗詠集《わかんろうえいしゅう》』の「無常」の部に入る詩句を踏まえたもの。「観身岸額離根草、論命江頭不繫舟」を、「身《み》を観《くわん》ずれば岸《きし》の額《ひたひ》に根《ね》を離《はな》れたる草《くき》、命《いのち》を論《ろ》ずれば江《え》の頭《ほとり》に繫《つな》がざる舟《ふね》」と訓読して、その各音節を四十三首の歌の冒頭に順に据えた歌群である。我が身を根無し草になぞらえ、我が命を岸から離れて漂《ただよ》う舟になぞらえた詩である。

【類歌】和泉式部集・三七二、第三・四句「わが宿に涙の玉の」。

＊藤原公任―平安時代中期の歌人。漢詩や和歌に秀でて、和漢朗詠集を編纂した。(九六六―一〇四一)。

この歌は、その観身論命歌群の二十首目にあたる。観身論命歌群は、歌集三六七～三九一番歌にも若干字句の異なる和歌を含みつつ、重複して採録されており、この歌に酷似するものも含まれる。*私家集《しかしゅう》の編纂《へんさん》に際しては、本人の作でない和歌が紛《まぎ》れ込んだり、写本によって採録される和歌が異なったり、細部の表現や配列に違いが生じたりする混乱がしばしばあった。

「瑠璃」とは美しい七宝の宝玉《ほうぎょく》で、青色が代表的だが、赤・白・黒・緑・紺などの色のものもある。「瑠璃の地」とは、薬師如来《やくしにょらい》が東方に瑠璃を敷き詰めて浄土を開いて住んだとされることを踏まえたもの。「涙の玉」とは、涙がしばしば「白玉」すなわち真珠にたとえられることを踏まえ、それを上回る色とりどりの宝玉を撒《ま》き散らしたようだと歌ったのである。

自らの涙を瑠璃にたとえるところに、和泉式部の悲恋の果ての深い哀愁《あいしゅう》を読み取って、現世に瑠璃の浄土を見ようとする作者の祈り、あるいは、単に悲恋ゆえにとどまらない生そのものへの涙など、さまざまな解釈がなされている。とはいえ、美しい宝玉にたとえられる涙なのだから、苦しさのうちにも甘美さも滲《にじ》んでいる。かけがえない我が人生を慈《いつく》しみ、いささか誇らしくさえも感じている趣《おもむき》ではなかろうか。

＊私家集─個人の和歌集。勅撰集、私撰集に対する語。

17

類《るい》よりも独《ひと》り離れて知る人もなくなく越《こ》えん死出《しで》の山道

【出典】和泉式部集・三〇八

一族からも独り離れて誰一人知る人もない中を、泣く泣く越えるのだろう、死出の山道を。

観身論命歌群のうちの一首。もう一つの歌群には重出しない。「なくなく」に、知る人も「無く無く」の意と「泣く泣く」の意を掛けたもの。和泉式部が仏典に格別深い造詣《ぞうけい》があったとは思われないが、仏典の文句を素材として詠んだ歌は少なくない。これもその一つで、『往生要集《*おうじょうようしゅう》』に引用される『摩訶止観《*まかしかん》』の一節を踏まえたものである。

生前どんなに華やかに賑《にぎ》やかに暮らしても、死は誰にとってもただ一人の

*往生要集―源信《げんしん》の著した仏教書。寛和元年（九八五）に成立。

*摩訶止観―仏教の論書。中国天台宗の智顗《ちぎ》の講義を、弟子がまとめたもの。

孤独な営為《えいい》である。親しい人々から離れて、独り旅立つほかはない。とはいえ、和泉式部はとりわけその生涯に大切な人々との多くの生別、死別を重ねている。そのような和泉式部の歌であるがゆえに、さぞ感慨《かんがい》もひとしおであったろうと感じさせるものがある。

同じく和泉式部の観身論命歌群には、「*観ずれば昔の罪を知るからになほ目の前に袖《そで》は濡れけり」などといった歌もある。想念を凝《こ》らすと前世で犯した罪を知るのだけれども、やはり今目前《もくぜん》にある悩みのために涙で袖を濡らしては、妄執《もうしゅう》の罪をまた深めてしまうことだ、といった意味である。仏教を学び、自らの罪深さを自覚するにつけても、悟《さと》りの境地は程遠く感じられてしまう。なおも現実の世のたわいもない悩みにまどう自分は、ふたたび涙するほかないという。この歌の背景には、前世での行いの善悪が現世の幸不幸を決定し、現世の生き様で生まれ変わった来世での幸不幸が決定される、という*輪廻転生《りんねてんしょう》の発想が見て取れる。平安時代の人々が仏教に帰依《きえ》したのは、現世での救済もさることながら、来世での安寧《あんねい》を願っての事であった。

これら和泉式部の歌には、仏教に傾倒《けいとう》しつつも、俗心《ぞくしん》を捨てきれないことの自覚、またそうした自分への愛着が強く感じられるようである。

*観ずれば……─和泉式部集・二七〇。

*輪廻転生─回転する車輪のように、前世・現世・来世を六道の世界に形を変えて生死を繰り返すこと。

18

あはれなる事をいふにはいたづらに古《ふ》りのみまさる我が身なりけり

【出典】和泉式部集・三四九

しみじみと感動する事、「あはれなる事」とは何かといえばそれは、無為にただ年老いていくばかりの我が身であったのだなあ。

「あはれなる事」の題のもとに詠まれた五首のうちの一首。自らの老いを「いたづらに」と捉えるところ、そうした「我が身」を客観視して、「あはれなる事」と捉えるところに妙味がある。

この歌に続く四首、三五〇〜三五三番歌もすべて「あはれなる事をいふには」で始まる。「あはれなる事をいふには亡き人を夢より外に見ぬにぞありける」、「あはれなる事をいふには都出《い》でて行く旅《たび》みちの遠きなりけり」、「あはれなる事をいふには人知れず物思ふ時の秋の夕暮」、「あはれなる事をいふには心にもあらで絶えたる仲にぞありける」と、列挙される「あはれなる事」の内容は、亡くなった人を夢でしか見ない事、都を出て行く旅路の遠い事、心ひそかに物思いにふける秋の夕暮、不本意に別れた仲を歌うなどとまちまちだが、だからこそ面白い。『枕草子』の類聚《*るいじゅう》章段で、「あはれなるもの」があれこれと収集されるのに通ずる発想ともいえる。

同様の趣向は『和泉式部集』三三六〜三四〇番では「世の中にあらまほしき事」として、「世の中は春と秋とになしはてて夏と冬とのなからましかば」(三三九)と、春秋だけで夏冬がなかったらよいのに、などと、「〜なしはてて〜なからましかば」の形に統一される。また、三四一〜三四四番は「人に定めさせまほしき事」の題で、「亡き人をなくて恋ひんとありながらあひ見ざらんといづれまされり」(三四二)と、死者を偲《しの》ぶのと生きていても会えない人を思うのとどちらが切実かを問うように、「〜いづれまされり」でほぼ統一、三四五〜三四六番歌「あやしき事」は「世の中にあやしき物は〜なりけり」、三四七〜三四八番歌「苦しげなる事」は「世の中に苦しき事は〜にぞありける」で統一され、機知《きち》に富んだ題詠《だいえい》となっている。

*類聚章段―枕草子の章段を類聚章段・日記章段・随想章段の三種に分類したうちの一つ。「〜は」「〜もの」の形で始まり、類似の特質の事柄を列挙する。

19

などて君《きみ》むなしき空《そら》に消《き》えにけん淡雪《あはゆき》だにもふれればふる世に

【出典】和泉式部集・四七三

どうしてお前は、亡くなってむなしい空に煙となって消えてしまったのだろう。はかない淡雪でさえも降るならば、そのまましばしは時を経ることもできるものなのに。

娘の小式部内侍《こしきぶのないし》の死を悼《いた》む哀傷《あいしょう》歌。「空に消ゆ」とあるのは、火葬されて煙となったことを暗に指す。「ふる」に雪が「降る」の意と時を「経る」の意を重ねて、雪よりもはかなく消えた娘の命を惜《お》しんだものである。

小式部内侍は和泉式部が最初の夫　橘　道貞《たちばなのみちさだ》との間にもうけた娘で、のちに式部とともに道長の娘*彰子《しょうし》のもとに仕《つか》えた。藤原道長《ふじわらのみちなが》の子である*藤原教通《ふじわらののりみち》との間に木幡《こはた》僧正静円を生み、*藤原頼宗《ふじわらのよりむね》・*藤原定頼《ふじわらのさだより》らにも愛されたという。

【詞書】内侍のうせたる頃、雪の降りて消えぬれば。

＊彰子―藤原道長の娘で、一条天皇の中宮。紫式部・和泉式部・赤染衛門らが女房として仕えた。（九八八―一〇七四）。

＊藤原教通―道長の子。平安

『小倉百人一首』にも入集《にっしゅう》する「*大江山《おほえやま》いくのの道の遠ければまだふみも見ず天《あま》の橋立《はしだて》」は、歌合《うたあわせ》の前に藤原定頼が、もう母親の和泉式部に代作を頼んだかとからかったのに対して詠んだ歌である。大江山を越え、*生野《いくの》の道を通る道は遠いので、まだ天橋立《あまのはしだて》は踏みはしていません、母の文も見ておりません、と、定頼の疑いを否定した。技巧をこらした巧《たく》みな返歌に定頼もたじたじとなったという。和泉式部が、晩年の夫藤原保昌《ふじわらのやすまさ》が丹後に赴任《ふにん》したのに伴われて下っていた頃のことである。

その後、万寿《まんじゅ》二年（一〇二五）十一月に小式部内侍は藤原公成《ふじわらのきんなり》の子、頼仁を生んでまもなく没した。太皇太后《たいこうたいごう》彰子も、「露おきたる唐衣《からぎぬ》参らせよ。経の表紙にせむ」と、亡くなった小式部内侍の装束で、草葉に露が宿る模様の*唐《から》衣《ごろも》を、経の表紙に仕立てたいからと召し寄せている。和泉式部は悲しみのうちにも晴れがましかった事だろう、「*置くと見し露もありけりはかなくて消えにし人を何にたとへむ」と詠んで衣に結んで贈った。はかない露でさえ残っているのに、あっけなく消えた娘の命は何に喩えればよいのか、という意味である。「淡雪」「露」もいずれもはかない命のたとえとなる景物だが、最愛の娘の死は、形容しがたいほどの壮絶な悲しみだったのだろう。

時代中期の公卿。（九九六—一〇七五）。

＊藤原頼宗—道長の子。平安時代中期の公卿、歌人。（九九三—一〇六五）。

＊藤原定頼—平安時代中期の歌人。藤原公任の子。（九九五—一〇四五）。

＊大江山……—金葉集・雑上・五五〇、第四句「ふみもまだ見ず」。

＊生野—京都府福知山市東南端。京から山陰へ向かう途上の地。

＊唐衣—平安時代の女性が上半身に着た装束。

＊置くと見し……—和泉式部集・四七五。

20

留《とど》めおきて誰《たれ》をあはれと思ふらん子はまさるらん子はまさりけり

【出典】後拾遺和歌集・哀傷・五六八

私たちをこの世に留め置いて亡くなった娘よ、お前は誰を気がかりに思っていることだろう、子供への思いは親への思いよりも勝っていることだろう、そう、私も子を思うゆえにお前の死が、悲しくてならないのだから。

【詞書】小式部内侍なくなりて、孫どもの侍りけるを見てよみ侍りける。

【他出】和泉式部集・四七六、第三句「思ひけん」。

前歌同様、娘の小式部内侍《こしきぶのないし》の死を悼《いた》んだ挽歌《ばんか》。小式部内侍は、藤原教通《ふじわらののりみち》との間に僧静円をもうけていたが、*藤原公成《ふじわらのきんなり》との間に僧頼仁を生んだ折に亡くなった。当時の女性にとってお産は命を賭《と》した営みであり、一条天皇皇后*定子《ていし》など、出産の際に亡くなった女性は数多い。

「留めおきて」の歌は、老いた母親である自分を遺《のこ》して死んでいった娘は、いったい今、誰のことを案じているだろうか、きっと母親ではなく、子供の

*藤原公成―平安時代中期の公卿。(九九九―一〇四三)。

*定子―藤原道隆《ふじわらのみちたか》の娘で一

事の方が気がかりなことだろう、と想像しながら、それゆえに亡くなった我が子を哀惜《あいせき》してやまず、むせび泣く自らを凝視《ぎょうし》したものである。

『和泉式部集』では、第三句が「思ひけん」となっている。「思ひけん」であれば、「けん」が過去推量の助動詞であるから、死の間際《まぎわ》の娘の痛恨《つうこん》な心境に思いを馳《は》せた歌となろうか。『後拾遺集』のように「思ふらん」であれば、「らん」は現在推量の助動詞であるから、異界《いかい》に旅立った娘が今もなお愛執《あいしゅう》を残しているのではと想像した歌になる。いずれにせよ、「らん」や「けん」を畳み掛けるように重ねており、切実で差しせまった感情を率直にうたいながら、リズミカルに流れるような音の効果を巧みに駆使している。

一連の哀傷の歌群のうちには「この身こそ子のかはりには恋しけれ親恋しく*は親を見てまし」という歌もある。小式部内侍が教通との間にもうけた子静円にむけて、小式部を生んだ私自身が我ながら恋しい、亡くなった親が恋しいならば、その親である私に会いに来ればよいのに、と歌いかけたもの。自分自身を亡き人の形見と感じるのは、帥宮《そちのみや》挽歌群にも見られる、和泉式部に特徴的な発想であるが、初句を「子のみこそ」ととって、娘の遺児であるあなただけが娘の代わりに恋しい、の意と解するのが妥当かも知れない。

条天皇の中宮。清少納言が仕えた。(九七六―一〇〇〇)。

*この身こそ……―和泉式部集・四七九。

21

待つ人は待てども見えであぢきなく待たぬ人こそまづは見えけれ

【出典】和泉式部集・五五五

待つ人は待っても姿を現さないで、気に食わないことに、待ってもいない人がまず姿を現すことだ。

詞書《ことばがき》によれば、和泉式部の夫藤原保昌《ふじわらのやすまさ》が大和守《やまとのかみ》であったころ、任地から帰京した日のこと。和泉式部は帥宮の死後、藤原道長《ふじわらのみちなが》の娘、一条天皇中宮彰子のもとに仕え、道長家の家司《けいし》*であった保昌と再婚していた。ここで贈った相手は、夫とは別の男なのだろうか、定かでない。

この歌に見られる、待つ人は来ず、待たぬ人が来る、という皮肉な関係をよんだ歌としては、たとえば『古今集』の誹諧歌《はいかいか》にある、「我を思ふ人を思*

【詞書】守の大和よりのぼりたる日、人のもとにやる。

*家司―親王・内親王・一位以下三位以上の公卿の家におかれた職員のこと。

*我を思ふ……―雑体・一〇四一。

はぬむくいにやわが思ふ人の我を思はぬ」といった歌が思い浮かぶ。自分を思ってくれる人を思わないその報《むく》いなのか、自分が思う人は自分を思ってくれない、といった意。この歌では「思ふ」を四回用いて、恋の人間関係の思うがままにならない皮肉な関係を歌っており、こうした作歌の系譜上に和泉式部の歌も発想されたものであろう。

誹諧歌とは、表現や内容に滑稽味のある和歌のことである。『万葉集』の戯笑歌《ぎしょうか》の流れを汲《く》んだもので、『古今集』では、雑体《ざってい》の部に誹諧歌の一群が集められた。『古今集』誹諧歌にはほかにも、「思へども思はずとのみ言ふなればいなや思はじ思ふかひなし」*のような歌もある。私がいくら思っても、あなたは「思っていない」とばかり言うので、もう思いをかけるのはやめよう、甲斐がないから、といった意。これらの『古今集』所載の誹諧歌はいずれも、「思ふ」の語を一首の中で繰り返す傾向が見られる。しかし和泉式部の場合には、さらに多様な言葉を一首の中で反復する傾向がある。この歌でも一首の中で、「待つ」を三回、「見る」を二回、「人」を二回用いており、リズミカルに流れるような調《しら》べである。こうした巧みで柔《やわ》らかな音の遊びが、広く和泉式部歌の特徴として注目できるところである。

*思へども……─雑体・一〇三九。

22

ある程は憂きを見つつも慰《なぐさ》めつかけ離《はな》れなばいかに偲《しの》ばん

【出典】和泉式部集・六五四

そばにいる間は、つらい思いを繰り返ししても、心慰められたものを。遠く離れてしまったならば、いったいどんなに慕わしく思うでしょうか。

【詞書】ものへ行く人に（旅に行く人に）。

おおかた、最初の夫 橘 道貞《たちばなのみちさだ》が京を離れて陸奥守《むつのかみ》となって出立《しゅったつ》する際に贈られたもの、と考えられている。だとすれば寛弘《かんこう》元年（一〇〇四）三月のことである。和泉式部が帥宮敦道《そちのみやあつみち》親王の勧《すす》めに従って宮邸に入ったのは、長保《ちょうほう》五年（一〇〇三）十二月のことであるから、その翌年ということになる。為尊《ためたか》親王・敦道親王との関係を経《へ》ても、まだなお世間的には道貞の妻の立場であったようで、実際なんらかの関係が続いていたのだろうか。

『和泉式部集』八三八番には「陸奥国の守にて立つを聞きて」と、橘道貞が陸奥守となって出立することを聞いた和泉式部が、道貞に贈った和歌がある。「もろともに立たましものを陸奥《みちのく》の衣《ころも》の関《せき》をよそに聞くかな」と、ともに出立《しゅったつ》したいところなのに、陸奥の国の衣の関をよそ事として聞くのだなあ、と詠んでいる。「衣の関」とは岩手県の歌枕《うたまくら》で、衣川《ころもがわ》の近辺、平泉《ひらいずみ》町高館《たかだち》付近にあった関所のこと。陸奥国の歌枕ゆえに詠んだとはいえ、「衣」と二人のかつての関係を想起させる歌いぶりである。すでに宮邸に入っている身で詠んだ歌ではあるが、儀礼的な餞別《せんべつ》というよりは、一定レベルの関係が継続していたと考えるべきなのだろう。

あるいは、実態がどのようであるかとは別の次元のものとして、考えることはできまいか。『古今和歌六帖』には、「あるときはありのすさびに語らはで恋しきものと別れてぞ知る」[*]といった歌が見える。近くにいるときは粗《そ》略《りゃく》に思っていたけれども、別れるとなると恋しいものと改めて思い知らされる、という意であって、和泉式部の歌もこうした発想を踏まえながら、一度は夫婦として馴染《なじ》んだ関係であった道貞との関係の名残を惜《お》しみ、餞別《せんべつ》の歌として贈ったものであったのかもしれない。

*あるときは……—第五・二八〇五。

23 津《つ》の国のこやとも人をいふべきに隙《ひま》こそなけれ芦《あし》の八重《やへ》ぶき

【出典】後拾遺和歌集・恋二・六九一、和泉式部集・六九〇

摂津の国の「昆陽」の名のように、「お越し下さい」ともあなたをお招きするのがよいところですが、人の見る目の隙もございませんので。芦の八重葺《ぶ》きに隙間がないのと同じように。

「津の国」は摂津《せっつ》の国。「こや」には「昆陽《こや》」と「来や」あるいは「小屋」を掛ける。「昆陽《こや》」は摂津の国の歌枕《うたまくら》で、現在の兵庫県伊丹市南部から尼崎市北部あたりを指す。昆陽には、*行基《ぎょうき》が作ったとされる昆陽寺・昆陽池があり、しばしば荒涼とした風景が歌に詠まれた。「昆陽」と「来や」との掛詞の例としては、「*津の国の難波《なには》わたりにつくるなるこやと言はなんゆきて見るべく」などもある。摂津の国の難波のあたりに作るという昆陽の小屋に、

【詞書】題知らず（後拾遺和歌集）、わりなく恨むる人に（和泉式部集）。

＊行基―奈良時代の僧。中国系氏族の家に生まれ、民衆への布教、道路・堤防・橋の整備に努め、勅命により東大寺建立に協力した。

「来や」、いらっしゃい、と言ってほしい、行って見ることができるように、という意味。また、「芦の八重葺き」は倒置的に「隙《ひま》こそなけれ」に掛かって、隙間《すきま》のないことにたとえて、人目の隙間がないことを表現したもの。『古今和歌六帖』に「*津の国の芦《あし》の八重葺《やへぶ》き隙《ひま》をなみ恋《こひ》しき人に逢《あ》はぬころかな」と、芦で作った八重葺きは隙間が無い、人目の隙がないので、恋しい人に逢えない、と歌われたのを参考としたとされる。

この「津の国の」の歌はいわゆる「*寄物陳思《きぶつちんし》」型、風景に託《たく》して自らの思いを述べたものである。和泉式部の歌としてはいわゆる「*正述心緒《せいじゅつしんちょ》」風に率直な感情を歌い上げるものが名高いが、この歌は『古今集』的な平安和歌一般にしばしば見られる掛詞や縁語《えんご》をふんだんに用いた、知的な技巧を凝らした和歌である。詞書からすれば無茶な執着を訴える男に贈った歌だから、歌枕や風景を詠みこみながら、いくらかやんわりと断ったのであろうか。藤原公任《ふじわらのきんとう》は和泉式部の代表歌としてこの歌の方を評価したという逸話が『*俊頼髄脳《としよりずいのう》』等に見られる。一方、鴨長明《かものちょうめい》は歌論書『無名抄《むみょうしょう》』の中で、公任らの考えに疑義を呈して「冥きより」の歌を評価すると記している。こういった論争も、この歌風をいかに評価するかに関わっているといえよう。

（六六八―七四九）。

*津の国の難波わたりに……―拾遺集・恋四・八八五・読人知らず。

*津の国の芦の八重葺き……―第二・一二五八。

*寄物陳思―万葉集に見られる和歌の分類。風景に寄せて心を詠む歌風。

*正述心緒―万葉集に見られる和歌の分類。感情を素直に詠む歌風。

*俊頼髄脳―平安時代後期の歌学書。天永二年（一一一一）から永久三年（一一一五）頃の成立。源俊頼の著。

24

あらざらんこの世のほかの思《おも》ひ出《いで》にいま一度《ひとたび》の逢ふこともがな

【出典】後拾遺和歌集・恋三・七六三、和泉式部集・七四四

もうまもなくあの世に行って居なくなるこの世の思い出として、いま一度あなたに逢うことができたらよいのになあ。

【詞書】心地例ならず侍りける頃、人のもとにつかはしける（後拾遺和歌集）、心地あしき頃、人に（和泉式部集）。

＊後拾遺和歌集―第四番目の勅撰集。応徳三年（一〇八六）成立。白河法皇の命により

『小倉百人一首』にも入集する著名な歌。『後拾遺和歌集《ごしゅうい》』＊詞書に、「心地例ならず侍りける頃、人のもとにつかはしける」とあるから、病で死を予感する心境の中で、男に贈った歌と思われる。

「あらざらん」で一呼吸置いた初句切《しょくぎれ》の歌として理解し、「私はもうまもなくこの世には居なくなるでしょう。ですからこの世の外にある死後の世界に行こうとするその私の、この世の思い出として～」と解釈することもでき

る。しかしここでは、初句が第二句を連体修飾すると考えて、「もうまもなく居なくなるこの世、その現世の外にある死後の世界に行こうとする私の、この世の思い出として〜」という形で解釈してみた。どちらの解釈をしてもさほど不自然ではなく思われる。

第五句の「逢ふこともがな」の「逢ふ」とは無論のこと、単に面会することではなく情事を意味する。「もがな」は願望の終助詞である。従って、死を目前に感じる瞬間にも、いま一度の濃密な時間を求めたものだと理解したい。とはいえ、詞書によれば体調ははなはだ悪かった様子である。我ながら実現するとは思えない、むしろ願っても実現しないことは承知の上での切望だったのではなかろうか。

技巧を凝らしたというよりは、思いの丈《たけ》をそのままに訴えた詠みぶりが、いかにも和泉式部らしい。誰に贈った歌なのか、夫であった橘道貞《たちばなのみちさだ》か藤原保昌《ふじわらのやすまさ》なのか、あるいは別の誰かなのか、そのあたりは定かではない。いずれにせよ、人生の思い出に恋しい人にもう一度逢いたいと願う切実な絶唱で、情熱的に恋に生きた和泉式部の人生を象徴するような歌であり、紛《まが》うことなく代表作の一つである。

藤原通俊が撰じた。和泉式部・赤染衛門などの和歌も含まれる。

25

薫《かを》る香《か》によそふるよりはほととぎす聞かばや同じ声やしたると

【出典】千載和歌集・雑上・九七一、和泉式部日記・一

橘《たちばな》の花の匂い立つ香りになぞらえて、昔の人を懐かしむよりは、そのゆかりの時鳥の声を聞いてみたいものです、あの昔の方とあなたが同じ声をしているかと。

『和泉式部日記』冒頭の歌。この日記は、和泉式部が亡くなった冷泉院の皇子、*弾正宮為尊《だんじようのみやためたか》親王を偲《しの》びながらも、その同母弟である*帥宮敦道《そちのみやあつみち》親王との関係に心慰《なぐさ》められ、やがて帥宮との関係を深めていく過程を描いたものである。

弾正宮が没した翌年の初夏、女（和泉式部）がつれづれな時を過ごしていると、以前弾正宮に仕えていた*小舎人童《こどねりわらわ》が帥宮からの橘の花を持って訪れ

【詞書】弾正尹為尊の親王隠れ侍りて後、大宰帥敦道の親王花橘をつかはして、いかが見るといひて侍りければ、つかはしける。

（弾正尹《だんじようのかみ》為尊親王がお亡くなりになりました後、大宰帥敦道親王が花橘をつかわして、「どのよう

た。「橘」といえば、「*五月待《さつきま》つ花橘《はなたちばな》の香《か》をかげば昔の人の袖《そで》の香ぞする」と歌われるように、昔懐かしい思いを掻き立てる植物であった。この歌は『古今和歌集』のほかに、『伊勢物語《いせものがたり》』六〇段にも、別れた夫婦が再会する物語の中で取り上げられている。「橘」は和歌ではしばしば「時鳥《ほととぎす》」とともに詠まれた。時鳥は冥界《めいかい》と行き来するともいわれ、亡き弾正宮を思わせる。

　男から花の枝を贈られたのに対して女が歌を返すのは、出過ぎたことだったのだろうか。女は、「なにかは、あだあだしくもまだ聞こえ給はぬを」と、帥宮が浮気という噂もまだないから、と自己弁護する。実のところ、自分よりもはるかに高貴《こうき》な男性から花の枝が贈られた時に、返事をせずにやり過ごせるはずもない。宮にしてみれば、自分から求愛するほどの相手ではないから、花の枝を贈って、相手の関心の具合を試したのではなかったか。

　女の歌に対して帥宮は、「*同じ枝《え》に鳴きつつ居《を》りしほととぎす声は変はらぬものと知らずや」と応じた。亡き兄宮とは同じ枝に鳴く兄弟であった私が、同じ声で鳴くことをご存知ないですか、と女への関心を訴える。亡き弾正宮への思い出を足がかりに、少しずつ心が歩み寄る――ここから二人の恋は始まっていく。

に見るか」と言いましたので、お返事しました歌は）。

【他出】和泉式部集・二二六、初句「薫る香を」、詞書「帥の宮、橘の枝を給はりたりし」。

*弾正宮為尊親王―冷泉天皇の第三皇子。（九七七―一〇〇二）。

*帥宮敦道親王―冷泉院の第四皇子。（九八一―一〇〇七）。

*小舎人童―貴族に仕えて身辺の雑用をした少年。

*五月待つ……―古今集・夏・一三九・読人知らず。

*同じ枝に……―和泉式部日記・二、和泉式部集・二二七、第五句「ものと知らなむ」。

26

なぐさむと聞けば語らまほしけれど身の憂《う》きことぞ言ふかひもなき

【出典】和泉式部日記・六

慰むのだと聞くとお目にかかってみたく存じますが、我が身のつらい事といったらこの上ないのでございます。

『和泉式部日記』によれば、帥宮《そちのみや》の求愛の贈歌に対する返歌だという。帥宮が女に橘《たちばな》の花を贈ったところから始まった交流だったが、その後も宮から重ねて歌が贈られ、女も「つれづれ」、日ごろの不如意《ふにょい》な気持ちが少し慰《なぐさ》む思いがする。ある日、宮は、「*語らはばなぐさむこともありやせん言ふかひなくは思はざらなん」と女に歌を贈った。会って話せたら心慰む事もあるのではないか、話し相手にもならない相手だとは思わないでほしい、と、女と

＊語らはば……―和泉式部日記・五。

の対面を求めたのである。「暮《くれ》にはいかが」と、その日の夕暮時に訪問したいがどうか、という意向《いこう》を伝えたものだった。

これに対して女が返した右の「なぐさむと」の歌は、宮の訪問の意思を受け止めつつも、我が身のつらさは格別だから、果たして宮に慰められるのか、と言わんばかりの内容となっている。しかしだからといって、この女の返歌は、宮の訪問を拒んだものとも読めないだろう。

ここで注目されるのは、「語らふ・語る」「なぐさむ」「言ふかひなし」といった語彙《ごい》が、宮の贈歌と女の返歌に共有されていることである。宮の贈歌の語彙を語順を入れ替えながらなぞるように応じた女の歌は、表面的には宮の気持ちを切り返すかのような趣であっても、語彙を共有する事を通して宮への親近感を示している、と考えられる。宮がその夕刻女を訪ねてきたのは、暗に了解の姿勢を見せた女の真意を察したからであろう。

贈答歌は、その表面上の意味とは別に、表現の照応《しょうおう》関係などの言葉遊びを通して相互の気持ちを確かめ合える、機智的《きちてき》な対話の場であった。男女の間で交わされる贈答歌には、表向きの拒絶の表現とは裏腹に、内心は相手の誘いに応じている場合も多かったのである。

27

世の常《つね》のことともさらに思ほえずはじめてものを思ふ朝《あした》は

【出典】和泉式部集・八六八

世の中の、どこにでもあることとも全く思われません。今はじめて物思いの何たるかを知った、これまでに経験したことのないほどに物を思う今日の朝は。

【詞書】人のかへりごとに。
【他出】和泉式部日記・一〇。
＊後朝―男女が共寝をした翌朝、それぞれの衣を着て別れる朝。
＊恋と言へば……―和泉式部日記・九。

初めての夜を過ごした翌朝の、帥宮《そちのみや》から贈られた後朝《きぬぎぬ》の歌に対する女の返歌である。

『和泉式部日記』では帥宮の手紙はまずは「今のほどもいかが。あやしうこそ」とあった。今この瞬間もどのようにお過ごしですか、不思議なまでの気持ちです、と、いましがた別れたばかりの女の気持ちに思いを馳《は》せた文面で、「恋と言へば世の常のとや思ふらん今朝の心はたぐひだになし」という歌があった。恋といえばありふれたものだと、あなたは思っているでしょうか、私の今朝の心は比類《ひるい》ないものです、と訴えた歌である。女と兄の弾正《だんじょうの》宮《みや》とのかつての関係の記憶も気がかりだったろう。前夜の女に、物慣れた様子を感じたのかもしれない。

女の返歌は、宮の歌の第二、三句「世の常のとや思ふらん」を受けて第三句までに「世の常のこととともさらに思ほえず」と、ほぼ同一の語彙を用いながら、宮の和歌を切り返して応じており、自分にとっても全く経験したことのない物思い、と答える。贈歌の言葉の語順をほぼなぞるように返歌するのは、本来は贈られた歌に対するもっとも穏当《おんとう》な答え方なのだが、ここでは宮の疑念を真っ向から否定しており、さらには下の句で「はじめてものを思ふ朝は」と、今の自分の不思議なまでに一回的な感動を歌っている。

しかし、返歌をしたものの「あやしかりける身のありさまかな、故宮の、さばかりのたまはせしものを」とあれほど愛を誓ってくれた亡き弾正宮から新しい恋に心を移す自分に「あやし」と戸惑《とまど》い、思い乱れる。それは、帥宮の文の一節「あやしうこそ」という文言を引き受けてもいる。かつての恋の記憶も、新たな恋への感動も、いずれも女の心の真実だったろう。

28

待《ま》たましもかばかりこそはあらましか思ひもかけぬ今日の夕暮れ

【出典】和泉式部集・八六九、和泉式部日記・一一

もし待っていたとしたら、これほどの思いをしたことでしょうか。想像もしていなかったほどのつらさを味わう今日の夕暮れですこと。

【詞書】夕暮に聞えさする（和泉式部集）。

【他出】千載和歌集・恋四・八四四、初句「待つとても」、第五句「秋の夕暮れ」。

『和泉式部日記』によれば、初めての逢瀬《おうせ》の翌日の夕暮、女から帥宮《そちのみや》に贈った歌である。「……ましも……ましか」は反実仮想《はんじつかそう》の表現で、「もし……であったならば……だろうのに」という意味である。

正式な結婚であれば、最初の三日間は続けて通うのが当時の習わしであったから、二日目の夜は、両者の関係を決定する重要な折《おり》であった。『和泉式部日記』によれば、宮は二日目には女を訪れず、童《わらわ》だけが来た。身分差から

すれば正式な結婚は難しいであろうから、宮の訪問は無理だとしても、せめて文だけでもと期待したはずである。童が訪れたのは、童自身の意志ではなく、宮の命令で来たのであろうが、帥宮の手紙は持参していない。いわば、二人の馴《な》れ初《そ》めの橘の花に相当するのが、ここでは童であった。

男女の間で交わされる贈答歌は一般に、男から女に詠むものとされ、女から詠みかける場合は関係への危機感の表明ともいわれる。しかしここでは、単純に女からの贈歌とは判断できない。女側から使者を立てて和歌を届けたわけではないからである。身分高い者は、格の劣る者に対して自ら和歌を詠みかけず、相手に和歌を詠ませるように仕向《しむ》ける場合があった。

風流心に富んだ女が、帥宮からの使いの童を手ぶらで帰すはずも無いと、宮は当然予想していただろうから、女にしてみれば、帥宮に無理やり詠まされた贈歌だったとも言える。そうした扱いへの憤りは、素朴に帥宮の訪問を待って期待を裏切られるのにもまさる苦しみ、と感じられたのではあるまいか。帥宮は「*ひたぶるに待つとも言はばやすらはで行《ゆ》くべきものを君が家路《いへぢ》に」と返歌した。ひたすらに私の訪れを待つと言うならば、躊躇《ちゅうちょ》せずにあなたを訪れるのに、と、素直でない女の態度を恨《うら》んだのである。

*ひたぶるに……——和泉式部日記・一二。

29

ほととぎす世に隠れたる忍《しの》び音《ね》をいつかは聞かん今日《けふ》も過ぎなば

【出典】和泉式部日記・一四

ほととぎすが世間に隠れて忍んで鳴いている鳴き声は、いつ聞くことができるのでしょうか、今日を過ぎてしまったならば。

『和泉式部日記』によれば、初めての逢瀬《おうせ》ののちの四月末日、女が自ら進んで贈った歌である。

帥宮《そちのみや》は初めての逢瀬ののち、再度の訪れのないまま月末になった。これまでは、帥宮の遣《つか》わした橘《たちばな》の枝などに触発《しょくはつ》されて女が歌を贈ることはあっても、純粋に女からの贈歌となったのはこの歌が最初である。女の不安な感情の表れでもあろう。とはいえ、女の贈歌は「つごもりの日」に贈られたことも見過ごせない。今日で今月は終わってしまうけれども、何もないままに今月のこの最後の日が過ぎてしまうならば、いったいいつあなたと再会できるのでしょうか、と女は訴える。そこには歌を詠むのにふさわしい〈折《おり》〉が意識されていて、単に感情に任《まか》せて走ったものではない。

年中行事や暦上の特別な日、四季の変化などに対する〈折〉の意識が、当時の人々の和歌を作る契機となった。「つごもり」は月末の日という意味で、節目の時である。帥宮はこの歌を当日は見ることができず、翌日すなわち五月になってから見たという。「*忍《しの》び音《ね》は苦しきものをほととぎす木高《こだか》き声を今日よりは聞け」、こっそりと鳴くのは苦しいから、高らかな声で今日からは堂々と鳴こう、と返歌した。女の率直な訴えかけに感動したのか、帥宮は二、三日して女を訪問したという。

これはあたかも、月をまたがっての贈答歌、という形態を実験する試みであったとも見える。とすれば、それは両者の現実の関係の中でなされた事実だったのか、もしかすると『和泉式部日記』という一つの作品がまとめられる過程でほどこされた潤色《じゆんしょく》なのか、定かでない。ともあれ帥宮の気持ちを振り向かせた女の手腕の見事さが存分に発揮された場面である。

*忍び音は……——和泉式部日記・一五。

30

やすらはでたつにたちうき真木《まき》の戸をさしも思はぬ人もありけん

【出典】和泉式部集・七七〇

躊躇せずには閉めるに閉めにくい我が家の真木の戸なのに、それほど閉めにくい戸だとも思わず、ゆっくりしないで立ち去るに立ち去りかねる真木の戸とも思わず、あっさりと立ち去った人もいたのだろう。

【詞書】ただ宵の間に人の来て、とく帰りぬるつとめて。

【他出】後拾遺和歌集・雑二・九一〇、第二句「立つに立てうき」、第五句「人もありけり」。

＊君や来む……古今集・恋

訪れた男が早々に帰った翌朝の女の歌。「やすらふ」は、躊躇《ちゆうちよ》する、ぐずぐずする、の意。「真木の戸」は杉や檜《ひのき》などで作った戸のことで、『古今集』に「＊君《きみ》や来《こ》む我《われ》や行《ゆ》かむのいさよひに真木《まき》の板戸《いたど》もささず寝《ね》にけり」と、恋人の訪れを待って真木の戸を閉ざさないで夜を過ごす、と歌われた。「たつにたちうき」の主語は、男とも女とも解《かい》せる。男を主語と考えれば、容易には立ち去り難いという意味、女を主語と考えれば、容易には戸を閉めがたいという意味になろうか。ここでは掛詞風に両方の意味を汲み取って解釈してみた。「さしも思はぬ」に「鎖《さ》す」を掛けると見ることもできる。

『和泉式部日記』でも、これに似た状況が描かれている。帥宮《そちのみや》が女を訪れたのに誰も戸を開けなかった夜の翌朝、*「あけざりし真木の戸口に立ちながらつらき心のためしとぞ見し」と、開けてもらえなかった真木の戸口を前に、恨めしい心とはこういうものかと知った、と女の仕打ちを恨む和歌を贈った。これに対して女は、*「いかでかは真木の戸口をさしながらつらき心のありなしを見ん」と、戸口を閉ざしたまま私の気持ちをどうやって見抜いたのか、私の気持ちはあなたに分かるはずもない、と返歌する。女の返歌は、贈歌と同じ位置、第二句に「真木の戸口」、第三句に贈歌の「立ちながら」を受けて「さしながら」、第四句に「つらき心の」、第五句目に贈歌の「ためしとぞ見し」を受けて「ありなしを見ん」と、言葉や音をなぞるように返歌をし、ひたと寄り添おうとする。女が戸口を開けなかったのは、仏道修行に疲れて寝ていたからだと釈明する。しかし、宮の周辺では女の男性関係を疑う噂が絶えない。愛着ゆえに疑い、疑いゆえに執着を深める男女の心の揺れ動きがあますところなく描かれるところに、この日記の魅力の一端がある。

四・六九〇・読人知らず。

*あけざりし……——和泉式部日記・二一。

*いかでかは……——和泉式部日記・二二。

31

偲《しの》ぶらんものとも知らで己《おの》がただ身を知る雨と思ひけるかな

【出典】和泉式部日記・二四

あなたが心ひそかに思っているのだろうとも知らないで、今日の雨は、ただ、私が我が身のつたなさを思い知って泣いている涙の雨だと思ったことだなあ。

雨が続く、つれづれの頃、帥宮《そちのみや》から文《ふみ》が遣《つか》わされた。「おほかたにさみだるるとや思ふらん君恋《きみこ》ひわたる今日のながめを」[*]とある。「長雨《ながめ》」と「眺《なが》め（物思い）」を掛けた歌で、今日の雨はごく通常の五月雨《さみだれ》だと思っているのでしょうか、あなたを恋しく思い続ける私の物思いの涙からくる長雨ですのに、といった趣旨である。

女はまさしく今日のこの〈折〉にふさわしい贈歌と感動し、「偲ぶらん」

＊おほかたに……—和泉式部日記・二三。

の歌を返した。「偲ぶらん」の歌は、今日の雨は、帥宮が自分を思って泣いている雨だとは思わずに、ただ、私自身の身の憂《うれ》いを歎く雨だと思ったというものである。宮の贈歌の「思ふらん」を「偲ぶらん」と受けたものである。双方が互いに「らん」という現在推量の助動詞で、いま目前にない相手の様子に思いを馳《は》せており、同じ時間を同じ気持ちで過ごしていたことが確かめられたかのような贈答歌である。

ここには『伊勢物語《いせものがたり》』一〇七段の歌、「かずかずに思ひ思はず問ひがたみ身を知る雨は降りぞまされる」*が踏まえられている。一〇七段とは、在原業平《ありわらのなりひら》*とおぼしき男の家にいる女に求愛してきた藤原敏行《ふじわらのとしゆき》*に対して、男が女に代わって和歌のやりとりをするという物語である。この歌は、すでに女と敏行が関係を持ったのちの歌である。雨だから訪問できない、と断りの文を贈ってきた敏行に対して、男が女の代わりに詠んだもので、あなたの気持ちのほどが量《はか》り難《がた》いので、涙の雨がどんどん降ります、といった意味である。敏行はこの歌に感動して、雨を厭《いと》わず女のもとに訪問したという。これを踏まえて『和泉式部日記』を読めば、雨に降りこめられたとはいえ、宮の訪問を待ち願っていると訴える、女の気持ちが読み取れよう。

＊かずかずに……—古今集・恋四・七〇五・在原業平。

＊在原業平—平安時代前期の歌人。平城天皇皇子、阿保親王の子。古今集以下に入集。伊勢物語の「昔男」に擬せられる。（八二五—八八〇）。

＊藤原敏行—平安時代前期の歌人。（？—九〇一）。

32

ふれば世《よ》のいとど憂《う》さのみ知らるるに今日《けふ》のながめに水まさらなん

【出典】和泉式部日記・二五

時を過ごすと、二人の仲のますますのつらさばかりが思い知らされるので、今日の物思いの涙にくれた長雨に、河の水かさがもっとまさってほしい、そうすれば、我が身はその河に流されてしまうだろうから。

前掲「偲ぶらん」の歌に引き続く二首目の贈歌。「ふれば」に「降る」と「経る」を、「ながめ」に「長雨」と「眺め」を掛けたもの。前述した宮の贈歌、「おほかたにさみだるるとや思ふらん君恋ひわたる今日《けふ》のながめを」の第五句「今日のながめを」を受けて、この歌の第四句目に「今日のながめに」と歌っていると考えられるから、紙の表に書いた「偲ぶらん」の歌とあわせて、二首とも宮の贈歌に対する返歌ということになる。しかし宮の贈歌は一首だけだったのだから、二首では一首分多い。とすれば、紙を裏に返して書き加えたこの歌は、宮への新たな贈歌だともいえよう。

ここでも『伊勢物語《いせものがたり》』一〇七段が踏まえられている。敏行が＊「つれづれのながめにまさる涙河《なみだがは》袖のみ濡《ぬ》れて逢《あ》ふよしもなし」と、あなたに逢えないという恋の物思いで涙が河となるほどだが、袖が濡れるばかりで逢う術《すべ》がない、といった求愛の歌を贈った。すると、女に代わって業平らしき男が＊「あさみこそ袖はひつらめ涙河身さへ流ると聞かば頼《たの》まむ」と、袖が濡れるのは思いが浅いからで、身まで流れるといえば愛情を信じましょう、と答えた。

この一〇七段の「身さへ流る」という表現を踏まえて、『和泉式部日記』では、歌の第五句の「水まさらなん」に続けて「待ち取る岸や」と女は訴える。水量が増して私の身が流されたら彼岸《ひがん》で救い上げられるだろうから、と出家をほのめかしつつも、宮に救ってもらいたい、と甘えてみせる。

女の贈歌は結局二首だったから、宮も再度＊「なにせむに身をさへ捨てんと思ふらんあめの下には君のみやふる　誰《たれ》も憂《う》き世をや」と、女の激情をなだめている。このように、贈答歌は一首ずつの掛け合いに終わるとは限らない。『和泉式部日記』には多様な贈答歌の形態が試みられている。

＊つれづれの……──古今集・恋三・六一七・藤原敏行。

＊あさみこそ……──古今集・恋三・六一八・在原業平。

＊なにせむに……──和泉式部日記・二六。

33

宵《よひ》ごとに帰しはすともいかでなほ暁起《あかつきお》きを君にせさせじ

【出典】和泉式部日記・三一

訪問してくださったあなたを宵ごとにお帰しすることがあるとしても、このような夜明けに私を見送るために暁に起きることを、あなたにさせますまい。

『和泉式部日記』によれば、月の明るい夜、帥宮《そちのみや》邸に誘われて一夜を過ごした翌朝に女が詠んだ歌。四月の逢瀬《おうせ》以来ようやく二度目に訪れた帥宮は、自分の出歩きを快《こころよ》く言わない者たちもいて外出が難しかったと弁解し、車に女を乗せて自らの邸《やしき》に誘った。翌朝、車に乗せられて帰された女は、もうこうした外出は懲《こ》り懲《ご》りとばかりに、この歌を贈った。

夜が明けないうちにあなたにお見送りいただくような真似は重ねたくな

い、二度と自分が帥宮の邸を訪れる形の逢瀬は嫌だ、と強く訴える。当時の女は自ら男を訪れる事はせず、男に通わせるものだったから、男の邸に同行した事によほど屈辱《くつじょく》を覚えたのだろう。『源氏物語』でも、光源氏が夕顔《ゆうがお》を某《なにがし》の院に（夕顔巻）、匂宮《におうみや》が浮舟《うきふね》を宇治川の対岸に誘い出す（浮舟巻）が、いずれも男が身分高く、女は格が低いという関係であった。

これに対して帥宮は「*朝露《あさつゆ》のおくる思ひにくらぶればただに帰らむ宵《よひ》はまされり」と、朝露の置く頃に見送るつらさよりも、訪問しても逢えずに帰る宵の方がつらい、と応じる。以前、帥宮が訪問したのに女が門を開けずにむなしく帰った折のことを皮肉ったのであろう。こうした二人の贈答歌は、恋人との出会いを期待しても実現しない「宵」と、恋人との別れを惜しむ「暁・朝」とではどちらが苦しいか、といった優劣論争の一面もある。

逢瀬の翌朝の贈歌は「後朝《きぬぎぬ》の歌」と呼ばれ、男から贈るのが慣《なら》わしであった。ここで女からの贈歌となったのは、女が男を訪問したために、通常とは性の役割が逆転したからだろう。『和泉式部日記』は、多様な状況に応じてそれぞれに一回的な贈答歌のやりとりの形を創出していく。それはあたかも贈答歌のバリエーション集を作るかのような趣でもある。

*朝露の……和泉式部日記・三二。

34

近江路《あふみぢ》は忘れぬめりと見しものを関《せき》うち越《こ》えて問《と》ふ人や誰《たれ》

【出典】和泉式部集・二二二、八七九、和泉式部日記・五四

近江路、逢う道はお忘れになってしまったようだと見ておりましたのに、逢坂の関を越えてお便りをくださった方は、いったいどなたでしょうか。

石山寺《いしやまでら》に参籠《さんろう》した女のもとに、帥宮《そちのみや》から贈られた歌に対する返歌である。帥宮との関係に行き詰まった女は、八月、石山寺に籠《こも》った。女の不在を知った帥宮は石山寺にまで童《わらわ》を使いに遣《つか》わす。なぜ自分に知らせもしないで籠ってしまったのか、と恨み言を言って、歌を贈ったのである。「＊関越《せきこ》えて今日ぞ問ふとや人は知る思ひ絶えせぬ心づかひを」と、逢坂《おうさか》の関を越えて今日にもあなたのもとに文《ふみ》を遣わすほどに、私があなたを思っていると知っていた

【詞書】返し（二二二）、石山に籠りたるに、訪ねてのたまはせたる、御かへり（八七九）。

【参考】二二一に、「石山に籠りたるを、久しう音もし給はで、帥の宮」として、「関越えて今日ぞ問ふやと人は知る思ひ絶えせぬ心づかひ

か、と愛情を訴えたものである。さらには、歌に添えて、「いつか出《い》でさせたまふ」と、いつ帰るかと問うた。

これに答えた女の返歌が、「近江路は」の歌である。帥宮の歌の上の句「関越えて今日ぞ問ふとや人は知る」を、女は下の句で「関うち越えて問ふ人や誰」と、ほとんどなぞるようにして切り返す。あなた誰なの、としらばくれ、一見いかにも小生意気《こなまいき》な応酬《おうしゅう》に見えるものの、贈歌の表現をそのままに反復していること自体、相手に心を開いている証《あかし》なのであろう。

女はさらに、「*山ながら憂《う》きは立つとも都へはいつか打出《うちで》の浜は見るべき」と詠み添えた。帥宮が、「いつか出でさせ給ふ」と帰る時期を問うたのに対し、「いつか打出の浜は見るべき」と、さていつ*打出《うちで》の浜を見られるかしら、容易には帰れないわ、とすねてみせたのである。困惑した帥宮は、童をもう一度石山まで遣《つか》わし、今度は女に合わせて二首の和歌を贈った。さらに女も二首の和歌で応じている。

結局、宮一首→女二首→宮二首→女二首と、都と石山を往復する和歌の贈答が続く。走らされた小舎人童《こどねりわらわ》の苦労も察せられるところだが、何よりこのように連続する贈答の形こそ、この日記の開拓した新しい試みであった。

と」という贈歌がみえる。

*関越えて……―和泉式部日記・五三。

*山ながら……―和泉式部日記・五五。

*打出の浜―近江国の歌枕。琵琶湖ほとりの地名。

35

よそにても同じ心に有明《ありあけ》の月を見るやと誰《たれ》に問《と》はまし

【出典】和泉式部集・八八九、和泉式部日記・六八

離れていても同じ心で有明の月を眺めているのでしょうか、と、いったい誰に問いかければよいのでしょうか。

『和泉式部日記』では、九月二十日過ぎの有明《ありあけ》の月夜の、女の手習《てなら》いの歌だという。その夜、帥宮《そちのみや》は女を訪問するが、女側の家人が起き出さず、戸は開かれないまま帥宮は帰った。翌朝、帥宮から「秋の夜の有明の月の入《い》るまでにやすらひかねて帰りにしかな」*と、有明の月が沈むまでは、待ち続けることもしかねて帰ってしまった、という和歌が届いた。これまでにも何度かあったすれ違いで、他の男を通わせているのかと疑われることもあった。

【詞書】九月ばかり、有明に（和泉式部集）。

【他出】和泉式部続集・五九九、第四・五句「月見ば空ぞかき曇らまし」。

＊秋の夜の……――和泉式部日記・六四。

女は、帥宮と同じく有明の月をめでて眠れずにいたことを、「手習《てならひ》のやうに」、昨夜書き綴《つづ》っていた文章を贈って訴えたのである。

そこには、眠れぬままに風の音や木の葉の様子に感じ入って、物思いにふける女の思いが綴られ、四首の和歌があった。「*秋のうちは朽《く》ちはてぬべしことわりの時雨《しぐれ》に誰か袖《そで》をからまし」という歌に続いて、本来は歌であったらしい「*消《き》えぬべき露《つゆ》の我が身ぞあやふく、草葉《くさば》につけて悲しきままに」との文章、さらに「*まどろまであはれいく夜《よ》になりぬらんただ雁《かり》が音《ね》を聞くわざにして」、「*我《われ》ならぬ人もさぞ見ん長月《ながつき》の有明の月にしかじあはれは」と二首の歌が続き、「よそにても」の歌は最後の一首であった。孤独な思いを訴えた女の思いが通じたのか、宮は、女の和歌のそれぞれの初句を、すべてそのままに揃《そろ》えて*五首の歌を返してきた。五首ずつの贈答歌も異例であれば、それぞれの初句《しょく》をすべて揃えた点でも、実に独創的な贈答歌である。

「手習」とは単なる習字のお稽古にとどまらず、古歌《こか》を写したり、自分の和歌を書き添えたりすることをもいう。もともとは自分の心の慰《なぐさ》めに綴ったものでも、後に人に見せることで、贈答歌として働く場合もあった。平安女流日記は、手習のような孤独な営みから生まれたとも考えられている。

*秋のうちは……―和泉式部日記・六五、和泉式部集・八八五、初句「秋のうちに」、第五句「たれにからまし」。

*消えぬべき……―和泉式部集・八八六に、「消えぬべき露の我が身はもののみぞあゆふ草葉に悲しかりける」とある。

*まどろまで……―和泉式部日記・六六、和泉式部集・八八七「あはれいくかに」。

*我ならぬ……―和泉式部日記・六七、和泉式部集・八八八。

*五首の歌―「秋のうちは朽ちけるものを人もさは我が袖とのみ思ひけるかな」「消えぬべき露の命と思はずは久しき菊にかかりやはせぬ」「まどろまで雲居の雁の音を聞くは心づからのわざにぞありける」「我ならぬ人も有明の空をのみ同じ心にながめけるかな」「よそにても君ばかりこそ月見めと思ひて行きし今朝ぞくやしき」（和泉式部日記・六九〜七三）。

36

惜《を》しまるる涙に影は留《と》まらなむ心も知らず秋は行《ゆ》くとも

【出典】和泉式部日記・七四

あなたとの別れが惜しまれて思わず流してしまう我が涙に、あなたの影だけでも留まってほしいものだ。私の心も知らないで、秋が行くのとともに、あなたの心は飽《あ》き果ててしまうのだとしても。

『和泉式部日記』によれば、和泉式部が帥宮《そちのみや》の代《か》わりに詠んだ、代作《だいさく》の歌。帥宮の馴染《なじ》みの女性が遠くに行くので感動させる歌を贈りたい、ついては、私が最も感動する和歌を詠むあなたに、代作を願いたい、と依頼されたとある。恋人への歌を、別の恋人に詠ませようとする宮の依頼を受けて、女はさぞ戸惑《とまど》いや屈辱を感じ、それと同時に、作歌能力を評価されたというひそかな誇りを感じて、複雑な思いをしたことだろう。

【他出】和泉式部集・八九〇、詞書「人恋しきに」、初・二句「惜しまれぬ涙にかけて」、第四句「心もゆかぬ」。

女は依頼された歌のほかに、帥宮に宛《あ》てた一首も添えた。「君をおきていづち行《ゆ》くらん我《われ》だにも憂《う》き世の中にしひてこそ経《ふ》れ」とあった。あなたを残してどこにゆくのでしょうか、その方は。私でさえもこのつらい関係に無理に生き続けておりますのに、と訴えたものである。帥宮もまた、「うち捨てて旅行《ゆ》く人はさもあらばあれ又なきものと君し思はば」と、去る人はそれはそれでよい、あなたが私をかけがえないと思っているのならば、と、互いの思いを確かめ合う。

＊君をおきて……―和泉式部日記・七五。

＊うち捨てて……―和泉式部日記・七六。

平安時代には、和歌は日常的にやりとりされ、恋の仲《なか》に限らず、あらゆる人間関係において交《か》わされた。私的な場における和歌は、主に贈答歌の形で二者の間で交わされた。とはいえ、恋の歌だからといって当事者同士が密《ひそ》かに見るとは限らない。作る側も代作すれば、読む側も親兄弟、乳母《めのと》や女房など、複数の人で読んだ。その意味では、贈答歌は集団と集団の間で交わされる対話だったといってもよい。だとすれば、ここでの代作の依頼は、さほど特殊な事例とは言えない。とはいえ、女にはやや不本意だったかもしれない代作を、二人の絆《きずな》を確かめ合う好機として生かせたのは、女の才覚であったろう。この日記が描いた、また一つ新しい贈答の形である。

37

今朝《けさ》の間《ま》にいまは消《け》ぬらむ夢ばかりぬると見えつる手枕《たまくら》の袖《そで》

【出典】和泉式部日記・七八

今朝のこの間に、今は露が消えるように、乾いてしまっているでしょう。夢のような二人の時にわずかに濡れると見えた、あなたの手枕の袖も。

帥宮《そちのみや》との関係を深めていく女の歌。五首ずつの贈答歌や代作の依頼など、互いの疑心暗鬼《ぎしんあんき》を乗り越えて二人の絆《きずな》が確かめられる出来事を経て、十月十日ごろ、女のもとに帥宮が訪問した。月が曇り、時雨の降る物寂しい折、帥宮と夜を共にしながら、女は思い乱れている。すると、帥宮は女を揺《ゆ》さぶって、「*時雨《しぐれ》にも露にもあてで寝たる夜をあやしく濡《ぬ》るる手枕の袖」と歌いかけた。時雨にも露にも当たらないように、私があなたと共に臥《ふ》している夜な

＊時雨にも……——和泉式部日記・七七。

のに、いったいどうして手枕の袖が濡れているのか、と泣いている女を慰めたものである。心乱れる女はその場では返歌できず、翌朝の帥宮からの使いに応じて、昨夜の帥宮の歌に答える歌を詠んだ。夕べは濡れていたあなたの袖も今はもう乾いたでしょう、私のことなどお忘れでしょう、でも私は「忘れじ」、忘れておりません、とこの「手枕の袖」の語を歌い返した。

「手枕の袖」とは、男女がともに臥している折に、相手の腕を枕代わりにする、その袖のことである。こののち「手枕の袖」は、二人の愛情を確かめる言葉として反芻《はんすう》され、＊この言葉を含んだ歌が何首も詠《よ》みつがれる。二人が共有した時間の記憶を「手枕の袖」という独自な表現に織り込め、何度も歌い交わすことで絆を確かめるのである。

身分高い帥宮は外出も容易でなく、一方の女には他の男との交際の噂もあった。互いに疑心暗鬼になりがちな中で、和歌の贈答を通じて共感を深めていく。こののち女は、悩みながらも帥宮の再三の勧めに応じて、この年の暮、帥宮邸に女房として入った。『和泉式部日記』は女の宮邸入りまでで終わっている。身分低い女が高貴な帥宮を通わせることで、かろうじて男女の対等な関係を演じられた時間だけが、この日記には記されているのである。

＊この言葉を含んだ歌―たとえば、「夢ばかり涙にぬると見つらめど臥しぞわづらふ手枕の袖」(帥宮)、「人知れず心にかけて偲ぶるを忘るとや思ふ手枕の袖」(女)など。

38

うちかへし思へば悲し煙《けぶり》にもたち後《おく》れたる天《あま》の羽衣《はごろも》

【出典】和泉式部続集・三八

改めて思い返すと悲しいばかりだ。あの人の亡骸《なきがら》を焼く火葬の煙とともに私もあの世に旅立ちたいと思うものの、立ち遅れてしまって天の羽衣もない、ただ誦経《ずきよう》の僧のための衣を見ると悲しいばかりだ。

いわゆる帥宮《そちのみや》挽歌《ばんか》群の一首。「帥宮挽歌群」とは、『和泉式部続集』三八～一五九番歌までの一二二首をいう。敦道《あつみち》親王は寛弘四年（一〇〇七）十月二十日に薨去《こうきよ》、享年二十七歳であった。和泉式部が宮と知り合った四年後のことである。

詞書《ことばがき》によれば、帥宮の四十九日の法要に奉仕する法師たちへのお布施《ふせ》として、装束を準備していた折の歌である。一説に為尊《ためたか》親王没後の哀傷歌とも

【詞書】宮の御四十九日、誦経の御衣物打たする所に、「これを見るが悲しき事」などいひたるに

（帥宮の四十九日、誦経の僧侶のための御装束を用意させる所に、「これを見るのが悲しい事」と言ったので）。

されるが、今日《こんにち》はほとんど支持されていない。「衣《ころも》」と「うちかへし」「たち」は縁語。「あま」には「天」と「尼」が掛詞となっている。

「天の羽衣」は、それを着ると空を飛べたという、天女の着る薄い衣のこと。羽衣伝説とは、異界から一時的にこの世にやってきた女が、男に羽衣を隠されたために異界に戻ることができず、やむなくこの世に暮らすが、やがて天の羽衣を発見して異界に帰るといった筋立ての話である。和泉式部も、羽衣を求めても求め得ない我が身を重ねたのであろう。

平安時代の貴族は通常火葬にされたから、この歌の「煙《けぶり》」とは火葬の煙のことである。しかし同時にこの歌は、羽衣伝説の一つの変型ともいえる『竹取物語』*のかぐや姫昇天の場面をも思わせる。『竹取物語』末尾では、かぐや姫は月の国に帰るに際してこの世に不死《ふし》の薬を残したが、帝は、かぐや姫不在のこの世に生きながらえても詮《せん》ないと、焼かせてしまう。富士山の山頂で不死の薬と手紙が焼かれて天に立ち昇り、月の国に去ったかぐや姫との最後の交信を果そうとしたのである。しかし今の和泉式部は、目前に僧侶の美しい装束を見ながらも、天を駆《か》ける羽衣も持たなければ、天に昇る煙ともなれない。愛する人に先立たれた、女の悲しい絶望感の表れた一首である。

＊竹取物語―平安時代初期の成立。作者未詳。かぐや姫の物語。源氏物語に「物語の出《い》で来《き》はじめの親」と評される。

39

捨《す》てはてむと思ふさへこそ悲しけれ君に馴《な》れにし我が身と思へば

【出典】後拾遺和歌集・哀傷・五七四、和泉式部続集・五一

この俗世を捨て切ってしまいたい、と思うことまでも、悲しく感じられる。あなたに馴染《なじ》み親しんだ我が身は、あなたの形見として愛しく感じられるから。

【詞書】同じ頃、尼にならむと思ひてよみ侍りける（後拾遺和歌集）、なほ尼にやなりなましと思ひたつにも（和泉式部続集）（やはり尼になってしまおうかしら、と決心するにつけても）。

帥宮挽歌群《そちのみやばんか》のうちの一首。帥宮の死を悼《いた》んだ帥宮挽歌群は、和泉式部の歌の中でもとりわけ情感豊かで感動的な歌が集められている。

平安時代の人々にとっては、恋しい人に死なれた者がその死を悼んで仏門に入ろうとするのは、ごく自然な発想であった。詞書《ことばがき》によれば、尼になってしまおうかと思って詠んだもの、とあるから、和泉式部自身の中にも、いつそのこと出家したい、という思いがあったのだろう。しかしこの歌では、

そのように考える自分を捉《とら》え直し、我が身こそが亡くなった人の形見であるのに、その形見を粗略《そりやく》にするとは何事か、と考えるところが、きわめて異色である。生前の帥宮と一心同体のように馴染《なじ》んできた、濃密な時間の記憶があってこそであろう。そこには仏教の道理を知りつつも、それを超えて自らの感情のおもむくままに率直に生きる、和泉式部の姿が感じられる。

　帥宮挽歌群の続く一首には、「*思ひきやありて忘れぬおのが身を君が形見になさむものとは」という歌がある。これまで考えたことがあったか、一人生き長らえて亡き人を忘れかねている自分自身を、あなたの形見だと考える時が来るとは、といった意。「形見《かたみ》」とは喪失《そうしつ》した人を思い出すよすがのこと。「身」を身体の意と解すれば、自分自身をあたかも宮の分身《ぶんしん》であるかのように慈《いつく》しんだ歌と理解できるが、「身の上・境遇」の意と解すれば、宮との関係が自らの人生そのもの、という意となる。さらに帥宮挽歌群には、「*語らひし声ぞ恋しき面影《おもかげ》はありしそながら物も言はねば」という歌もある。親しく睦《むつ》みあった人の姿をまだ身近に感じつつも声が聞こえないのが惜しまれる、というもので、不在の宮の身体を、すぐそこにまだありありと感じ取っている様子がうかがえて、生々しい情動が感じられよう。

＊思ひきや……――和泉式部続集・五二。

＊語らひし……――和泉式部続集・五四。

40

鳴《な》けや鳴け我が諸声《もろごゑ》に呼子鳥《よぶこどり》呼ばば答へて帰り来《く》ばかり

【出典】和泉式部続集・一〇三

鳴いて鳴いて鳴き尽くせ、私が泣き尽くした泣き声とともに、呼子鳥よ、呼んだならば答えて亡くなったあの人が帰ってくるほどまでに。

【詞書】又。

帥宮挽歌群《そちのみやばんか》の一首。帥宮を亡くした悲しみを「呼子鳥《よぶこどり》」の声に託《たく》して詠《よ》んだもの。「呼子鳥」とは『万葉集』以来和歌に詠まれるが、郭公《かっこう》・ホトトギスなど諸説ある。ホトトギスは、夏に飛来《ひらい》する渡り鳥で、鳴き声が「テッペンカケタカ」「特許許可局《とっきょきょかきょく》」などと聞きなされるほか、死者の国との間を往来するともいわれた。ここでの「呼子鳥」は冥土《めいど》との間を往復するホトトギスのイメージを帯びているが、「呼子鳥」という字面《じづら》に亡き人を「呼ぶ」

意をも重ねるのであろう。「諸声」とは、互いに声を合わせて鳴く声のこと。呼子鳥に対する「鳴けや鳴け」との呼びかけは、慟哭《どうこく》する自らをそのままに受け止め、「泣けや泣け」、気がすむまでお泣き、と慰《なぐさ》める言葉ともなっている。そして、「呼子鳥」「呼ぶ」と同語を反復しながら、もはや帰り来るはずもない亡き人を呼び寄せようとする。率直で切実な心の叫びが感じられる一方で、「鳴け」「呼ぶ」の語を繰り返す、リズムのよい言葉運びが特徴的である。

『和泉式部続集』でこの歌の二首前に配列された、「命あらばいかさまにせん世を知らぬ虫だに秋はなきにこそなけ」*という歌でも、同様に「なく」の音の繰り返しが効果的に用いられている。命があるならば、ほかにどのようにしようか、人の世の条理《じょうり》を知らない虫でさえ、秋にはただ鳴きに鳴く。ましてや世の無常を思い知った私は、ひたすら泣き続けるほかない、といった意味である。「なきにこそなけ」と「鳴く・泣く」の語を繰り返し、いかんともしがたい我が身の歎きを訴え、「呼子鳥」や「虫」に共感を求める。虫の音が秋の代表的な景物で、物悲しさや無常を訴えるのにふさわしいとはいえ、歌い手の深い孤独が感じられるものとなっている。

＊命あらば……――千載集・雑中・一〇九五、和泉式部続集・一〇一。

41

今の間《ま》の命にかへて今日《けふ》のごと明日《あす》の夕《ゆふ》べを歎《なげ》かずもがな

【出典】和泉式部続集・一二三

今のこの時間の命と引き換えに、明日の夕暮れを今日のようには歎かないで過ごしたいものだ。

帥宮挽歌群《そちのみやばんか》のうちの「つれづれの尽きせぬままに、おぼゆる事を書き集めたる歌にこそ似たれ、昼偲《しの》ぶ、夕《ゆふ》べの眺《なが》め、宵《よひ》の思ひ、夜中《よなか》の寝覚《ねざめ》、暁《あかつき》の恋、これを書き分けたる」と題された連作、いわゆる「五十首和歌」の中の、「夕べの眺め」の一首である。この連作は、帥宮挽歌群の中に位置してはいるが、帥宮との連想を切り離して、「昼偲ぶ」「夕べの眺め」「宵の思ひ」「夜中の寝覚」「暁の恋」といったそれぞれの題のもとに集められた題詠《だいえい》としても、十分に味わえるものとなっている。

今日の命をなきものにすれば、明日の命があろうはずはない。だから、今日の命と引き換えに明日の夕暮れの心の安らぎを願うのは、矛盾的である。明日の安寧《あんねい》があるとすれば、それは死による安らぎでしかない。それを願わねばならないほどの切実な心情を感じ取りたい。

「今の間」「今日」「明日」と時間表現を次第に押し広げながら、明日も否《いや》応《おう》なく訪れる空虚な時間の訪れを予感し、死を希求する。和泉式部の歌には、このように同語・類義語・反対語を重ねながら、リズミカルに感情の昂《たか》ぶりを詠み上げるものが数多く見られる。正述心緒《せいじゅっしんちょ》風に自分の感情を訴える歌が、ともすると素朴でありきたりになりかねないところを、巧みに超《ちょう》克《こく》するのである。真に迫る感動とは別の次元で、周到《しゅうとう》に言葉の響きの働きを計算するしたたかさを兼ね備えているとも見えよう。

同じ「夕べの眺め」の題のもとには「*類《たぐひ》なく悲しき物は今はとて待たぬ夕《ゆふ》べのながめなりけり」などという歌もある。夕暮れとは、男の訪問への期待と落胆に心惑わす、物思いの時間帯であった。しかし今はいかに待とうと、宮は訪れる事はない。空虚な悲しみに溢《あふ》れた一首である。


*類なく……—和泉式部続集・一二四。

42

夢にだに見《み》で明かしつる暁《あかつき》の恋こそ恋のかぎりなりけれ

【出典】和泉式部続集・一五一

夢にさえ見ないで夜を明かしてしまった暁の恋こそ、恋の極みであったのだなあ。

【他出】新勅撰和歌集・恋三・八二五。

同じく帥宮挽歌群《そちのみやばんか》の五十首和歌の「暁《あかつき》の恋」のうちの一首。古語における「恋」とは、いま目前にはいない相手に対する思いを指す。会えない相手を恋い慕い、夜を明かした感慨を歌ったものである。

古代においては夢に人が現れるのは、相手が自分を思っているからだと考えられた。しかし、ここでは現実に男は訪問してくるはずもなく、それを待つかのような思いにとらわれて自分は眠りにつく事もできないために、夢の中で男が訪れる機会すら得られないままに夜明けを迎えた、ということであろう。あるいは思わず知らずにふとまどろんだにしても、心に思う人は期待に反して夢には現れなかった、ということかもしれない。和泉式部には他にも、「*夢にだに見えもやすると敷妙《しきたへ》の枕動きて寝《い》だに寝《ね》られず」などという歌もあって、せめても夢の中での逢瀬を期待するものの、悶々《もんもん》と寝返りを打つばかりで眠れぬままに過ごす夜を歌っている。

「夢」とはひと時の甘美な思いでありながら、瞬時に手ごたえ無く消えていくことから、はかないものの喩《たと》えとなり、とりわけ人生の象徴、あるいは恋の逢瀬の時間の象徴として歌われる事が多かった。『伊勢物語』六九段の*斎宮と昔男との逢瀬や、それを踏まえた『源氏物語』の光源氏と藤壺との密会は、いずれも「夢」の語に託して束の間の恋のはかなさを歌う。また、「夢」を詠んだ和歌としては、*小野小町《おののこまち》の歌、「*思ひつつ寝《ぬ》ればや人の見えつらむ夢と知りせばさめざらましを」が名高い。思いながら寝たから夢にあの人が見えたのか、目覚めずにいたかったのにと、夢での逢瀬という甘美な時間を味わい尽くそうとする小町歌の情感を反転させたところに、和泉式部のこの歌の世界があるといえよう。

*夢にだに……―和泉式部集・八七。

*斎宮―伊勢神宮に仕える未婚の内親王または女王。

*小野小町―生没年未詳。平安時代初期の女流歌人。『古今集』の仮名序に六歌仙の一人と数えられる。

*思ひつつ……―古今集・恋二・五五二。

43

おぼめくな誰《たれ》ともなくて宵々《よひよひ》に夢に見えけん我《われ》ぞその人

【出典】後拾遺和歌集・恋一・六一一、和泉式部続集・二一三

そ知らぬふりをするな、誰とも定かにわからぬままに、宵々ごとにあなたの夢に姿を見せた者、私こそはその人なのだ。

【詞書】男のはじめて人のもとにつかはしけるに、代りてよめる（後拾遺和歌集）、男の、人のもとに遣るにかはりて（和泉式部続集）。

和泉式部が男に代《か》わって詠んだ歌。これまであなたの夢に姿を見せていたのは自分だ、と長く恋い慕《した》っていたことを訴えたものである。詞書《ことばがき》によれば男が初めて歌を贈る女に対する歌として、男の代わりに詠んだという。男との関係は定かではないが、『和泉式部日記』中に帥宮の恋人との別離の歌を代作した例があるから、これも同様かもしれない。とはいえ、これは恋の告白であるだけに、恋人のための代作ならば複雑な葛藤《かっとう》もあったろう。

一般に古代において夢は、見る人の内面の反映ではなく、そこに出現する人の思いの表出として理解されていた。物語や説話には、神仏や故人などこの世のものならぬ存在が、夢を通して何かを告げる、といった話の型も見受けられる。『源氏物語』で須磨の地に退去した光源氏が、暴風雨に襲われて苦しんでいたところ、亡き父桐壺帝《きりつぼてい》が夢に現れて励《はげ》まし、この地を去るように諭《さと》すのも夢託《むたく》である。とはいえ、小野小町《おののこまち》の歌、*「思ひつつ寝《ぬ》ればや人の見えつらむ夢と知りせば覚《さ》めざらましを」に名高いように、思いながら寝たからその思いが相手に通じて、思う人が夢に現れたのかと、自らの心の働きの反映として夢を理解するむきも、なかったわけではない。

和泉式部の歌の場合、私はあなたの夢に現《あらわ》れ続けていた、あなたにとってすでに未知の人ではないはず、と歌いかけたと理解するのが一般的であろう。しかし、もし夢は見る人の思いの働きかけによるものという理解を持ち込めば、あなたはまだ見ぬ私を恋い慕って、私を待ち望んでいたはずだ、と、より大胆な意味にもとれて、さぞ強烈に相手の女の心を揺さぶったことだろう。いずれにしても、高らかに恋を訴えかける風情《ふぜい》はいかにも和泉式部の歌らしく、代作とはいえ本来の作者が顔を覗《のぞ》かせるかのような一首である。

＊思ひつつ……―古今集・恋二・五五二。

44

いかにしていかにこの世にあり経《へ》ばかしばしものを思はざるべき

【出典】新古今和歌集・恋五・一四〇二、和泉式部続集・二一五

いったいどうやって、どのようにこの世に生き続ければ、ほんのわずかの時間も物思いにとらわれないで解放されることができるのだろうか。いや、どのようにしても物思いから逃れることはできないのだ。

【詞書】かたらふ人の、ものいたうおもふころ（和泉式部続集）。

「いかにして」「いかに」と畳み掛けるような表現が特徴的な一首である。喜びや心の平和を願うのは人の常であるが、生きている限り苦悩からも不安からも所詮《しょせん》は解放されることはない。それを諦《あきら》めるにも諦めきれないような思いを、自らに投げかける趣である。

初句と第二句とに音を重ねる歌としては、和泉式部にはほかにも、「いかにせんいかにかすべき世の中を背《そむ》けば悲し住めば住み憂《う》し」*などといった歌

*いかにせんいかにかすべき…—和泉式部集・四二九、和泉式部続集・四四〇では第二句「いかがはすべき」。

もある。どうしよう、いったいどうしたらよいだろう、この世は捨てて出家すればそれは悲しい、かといってこのまま俗世に暮らすのもつらい、というのである。「いかに」「ば」「住む」などと、同じ言葉を重ねて思いを強調することで、一首全体になめらかなリズムを作った歌である。

和泉式部の歌については、『紫式部日記』に、贈答歌が巧みで風流だと評価される反面、古歌や理論を踏まえたものではなく、口について自然に出てくるものだ、と批評されている。ただし、それは単に技巧の点で劣《おと》るという意味ではあるまい。「口にまかせたることどもに、かならずをかしき一ふしの、目にとまる詠《よ》みそへ侍り」とは、単に和歌が即興的だというのではなく、口調のよい詠みぶりを指摘しているのではなかろうか。和泉式部の歌には、巧みな音の遊びが隠されていることが実に多い。

「*亡《な》き人をなくて恋《こ》ひんとありながらあひ見ざらんといづれまさされり」などども、音を巧みに用いた歌である。亡くなった人をむなしく恋い慕うことと、相手が生きていても逢えないことを嘆くのと、どちらが切実だろう、といった意味である。ここには、初句と第二句が「な」音、第三句と第四句が「あ」音で始まるという、a音の母音《ぼいん》を重ねる遊びが隠されている。

*亡き人を…―和泉式部集・三四二。

45

竹の葉に霰《あられ》ふるなりさらさらに独《ひと》りは寝《ぬ》べき心地《ここち》こそせね

【出典】詞花和歌集・恋下・二五四、和泉式部続集・三三〇

竹の葉に霰が降っているのが聞こえる、そのさらさらとした音を耳にしながら、独りではさらさら寝る事はできない気分がする。

【詞書】たのめたる男を今や今やと待ちけるに、前なる竹の葉に霰の降りかかりけるを聞きてよめる（詞花和歌集）、霰（和泉式部続集）。

一人寝の寂しさを詠んだ歌。夜一人で寂しく横たわっていると、屋外に「さらさら」と音がする。「ああ、霰《あられ》が竹の葉に当たって鳴らしているのだなあ」と、耳を研《と》ぎ澄《す》ましていると、ますます眠れなくなるというのだ。「なり」は四段動詞「降る」に接続しているから、接続だけでは断定の助動詞とも、推定の助動詞とも判断しがたいところだが、音を聞いているという状況から推定の助動詞と判断し、「霰が降っているのが聞こえる」の意味と取り

たい。「さらさらに」は霰が葉に当たる擬音《ぎおん》であると同時に、「さらさら〜ず」という副詞の掛詞となっている。

『*詞花《しか》和歌集』の詞書には、今日は来るかと当てにしていた男を、今か今かと待っていたところ、男がやってくる気配《けはい》はなく、ただ竹の葉を霰が打つ音が聞こえる、とある。男の訪れを待って耳を澄ましていたのだろうが、もともと男の訪れはたいして期待できない場面のようにも思われる。

「霰」を詠んだ歌としては、古くは『古事記』に「*笹葉《ささば》に打つや霰《あられ》のたしだしに率寝《ゐね》てむ後《のち》は人は離《か》ゆとも」とあって、笹の葉を鳴らす霰の音に注目されつつ、共寝の歌に詠まれていた。『枕草子』では「歌の題は、都。葛《くず》。三稜草《みくり》。駒《こま》。霰《あられ》」とされており、歌の題として面白みを感じられたようである。人の訪れの絶えた宿の戸や枯葉に振る霰の音は、侘《わび》しい孤独な風景が目に浮かぶであろう。また、「さらさらに」という擬声語は、『古今集』に「*美《みま》作《さか》や久米《くめ》のさら山さらさらにわが名は立てじ万世《よろづよ》までに」といった例もある。「美作の久米のさら山」といった地名を序詞に、「さらさらに」を導き、さらさら私の浮名の評判は立てずにいよう、末代までも、といった意味で、リズミカルで軽妙な雰囲気を醸《かも》し出している。

*詞花和歌集—第六番目の勅撰集。仁平元年（一一五一）頃の成立。

*笹葉に……—下巻・允恭天皇。

*美作や……—神遊びの歌・一〇八三。

46 ぬれぎぬと人には言はん紫《むらさき》の根《ね》摺《ず》りの衣《ころも》表着《うはぎ》なりとも

【出典】後拾遺和歌集・雑二・九一二

それは事実無根の濡れ衣だと、人には言いましょう。あなたが紫草の根で染めた衣を表着《うわぎ》に着て、娘との関係をあれこれ言おうとも。

【詞書】返し。

堀河右大臣藤原頼宗《ふじわらのよりむね》からの贈歌に対する返歌。『後拾遺集《ごしゅうい》』によれば、贈歌の詞書には、「小式部内侍のもとに二条前太政大臣はじめてまかりぬと聞きてつかはしける」とあって、和泉式部の娘の小式部内侍《こしきぶのないし》のもとに、藤原《ふじわらの》教通《のりみち》が初めて通ったという話を耳にして贈ってきた歌とされる。藤原教通は道長の子で、頼宗はその異母兄にあたる人物である。

頼宗の贈歌は、「*人知らでねたさもねたし紫の根《ね》摺《ず》りの衣表着《うはぎ》にを着ん」、

＊人知らで……―後拾遺集・雑

誰も知らないうちに深い仲になるなんて妬《ねた》ましい、紫草に染めていた衣を表着として着よう、内侍との関係を表沙汰にしよう、という意味である。小式部内侍が他の男、しかも自分の兄弟と縁《えん》を結んだというので、恨んで見せたのである。小式部内侍が母の血を引いて艶聞《えんぶん》華やかな様子がうかがえよう。それに対する和泉式部の返歌は、あなたが何をおっしゃろうとも事実無根だと人には申しましょう、と堂々と切り返したものである。和泉式部の母としての愛が感じられる。

「紫の根摺《ねず》りの衣」とは、紫草の根で摺って染めた衣のこと。『古今集』には、「*恋しくは下《した》にを思へ紫の根摺《ねず》りの衣色に出《い》づなゆめ」などとあって、恋しいならば心の内に思っていなさい、紫草で染めた根摺りの衣のように、人目に立つことは決してするな、と詠まれた。和泉式部には、ほかに、「*色に出《い》でて人に語るな紫《むらさき》の根摺《ねず》りの衣着《ころもき》て寝たりとも」という歌もあり、やはり相手との関係を人に語らないように、といった文脈で「紫の根摺りの衣」が歌われている。「ねずりの衣」の「根」の音が「寝」に通じるためであろうか。『伊勢物語』初段の歌「春日野《かすがの》の若紫《わかむらさき》の摺《す》り衣《ごろも》忍《しの》ぶの乱《みだ》れかぎり知られず」の「紫草」から「忍ぶ」恋が連想されることの影響もあろう。

二・九一一。

*恋しくは……―恋三・六五二。

*色に出でて……―和泉式部集・二四八、和泉式部続集・二八〇、第五句「着て寝たりきと」。

47

もの思へば沢《さは》の蛍《ほたる》も我が身《み》よりあくがれ出《い》づる魂《たま》かとぞ見る

【出典】後拾遺和歌集・雑六・神祇・一一六二

物思いにふけってると、沢に飛び交う蛍も、我が身から
さまよい抜け出した魂ではないか、と見る。

【詞書】男に忘られて侍りける頃、貴船《きぶね》にまゐりて、御手洗川に蛍の飛び侍りけるを見てよめる。

遊離魂《ゆうりこん》の発想を下敷きにした歌。「あくがる」は、本来あるはずの場所から「離《か》る」すなわち離れて彷徨《さまよ》う、という意味。古代においては、魂は身体から抜け出して彷徨うものと考えられていた。ここでは、目前《もくぜん》に飛び交う「蛍」を、放心する「我が身」から抜け出した「魂」に見立てている。

「蛍」を「魂」に見立てる発想は、『伊勢物語』四五段などにも見られる。これは、娘が男に恋をし、その思いのあまりに死ぬ話である。男が自分に恋

をして亡《な》くなった女を悼《いた》んで詠んだ歌、「ゆく蛍雲の上までいぬべくは秋風吹くと雁《かり》につげこせ」は、蛍に、もし雲の上まで行くことができるのならば、地上では秋が来た、と雁につげておくれ、といった意味である。夏から秋への季節の変化を歌った歌であるが、物語の中では死んだ娘の魂である蛍に呼びかけた歌、と考えられよう。遊離魂の発想は、『源氏物語』の六条御息所《ろくじょうみやすどころ》の物語にも見られ、懐妊中の葵《あおい》の上《うえ》に憑依《ひょうい》した六条御息所は、「もの思ふ人の魂《たましい》はげにあくがるるものになむありける」(葵巻)と、悩む人の魂は本当に身から彷徨い出るものなのだ、と光源氏に語りかけている。

『後拾遺集《ごしゅうい》』によれば、この和泉式部の「もの思へば」の歌は、京都の鞍馬《くらま》にある貴船《きぶね》神社*に参詣して御手洗川《みたらしがわ》に飛び交《か》う蛍を見て詠んだものとされ、恋人の心を取り戻す事を祈った歌として知られる。この和泉式部の祈願に対して貴船の神は、「奥山にたぎりて落つる滝《たき》つ瀬《せ》の魂《たま》ちるばかりものな思ひそ」*と、魂が砕け散るほど物思いをするな、と返歌した。男の声で和泉式部の耳に聞こえた、という。後代に説話化され、『俊頼髄脳《としよりずいのう》』などには二度目の夫の藤原保昌《ふじわらのやすまさ》との復縁を願ったものとするが、復縁を願ったとすればその相手としては最初の夫の橘道貞《たちばなのみちさだ》の方がふさわしいとする説もある。

*貴船神社—京都市左京区鞍馬貴船町にある神社。平安京の水神とされた。

*奥山に……—後拾遺集・雑六・一一六三。

あさましや剣《つるぎ》の枝《えだ》のたわむまでこは何《なに》のみのなれるなるらん

【出典】金葉和歌集（二度本）・雑下・六四四

あきれたことだ、剣の枝がたわむまでの重みがあるとは。これはいったい何の実なのか、どんな罪の因果のある身がこうなっているのだろうか。

【詞書】地獄絵に、つるぎの枝に人の貫《つらぬ》かれたるを見てよめる。

地獄での責《せ》め苦《く》の様子を絵にした地獄絵《じごくえ》に、剣《つるぎ》に人が刺されているのを見て詠んだものという。「何のみのなる」には「身」と「実」とを掛ける。地獄で「身」を串刺しにされ、その体の重みで枝がたわんでいるのを、果実の「実」がなってたわんだ枝になぞらえて、その人の罪のゆえんを問うたもの。

『往生要集《おうじょうようしゅう》』第一・厭離穢土《おんりえど》・地獄の衆合《しゅごう》地獄、「獄卒、地獄の人を取りて刀葉の林に置く。かの樹の頭を見れば、好き端正厳飾《たんじょうごんじき》の婦女あり。……即ちかの樹に上るに、樹の葉、刀の如くその身の肉を割《さ》き、次いでその筋を割く」を踏まえる。刀葉林は、邪淫《じゃいん》にふけった罪で堕《お》ちるところだという。当時は、前世での罪によって現世での幸不幸が定まり、現世での振る舞いによって死後どのような身の上で生まれ変わるかが決まるという、輪廻《りんね》の思想が信じられていた。現世での所業によって死後の苦しみがもたらされるという発想が、一種の倫理観として機能したのであろう。

「地獄」とは六道《ろくどう》の一つで、現世での悪業の報《むく》いとして死後に赴《おもむ》く最下層の世界のことである。『往生要集』は、*源信《げんしん》の著した仏教書で、寛和《かんな》元年（九八五）に成立したといわれるが、その中には、極楽の諸相、地獄の諸相が描写され、ことにその地獄の描写の恐ろしさは、人々に仏教への帰依《きえ》を促した。『往生要集』の中の「厭離穢土《おんりえど》」では、等活《とうかつ》・黒縄《こくじょう》・衆合《しゅごう》・叫喚《きょうかん》・大叫喚・焦熱《しょうねつ》・大焦熱・阿鼻《あび》（無間《むけん》）といった八大地獄が詳細に説かれている。当時は地獄絵や六道説法が流行したらしく、『枕草子《まくらのそうし》』「御仏名《みぶつみょう》のまたの日」の段にも、仏名会《ぶつみょうえ》の翌日に地獄絵の屏風が中宮定子の御前に掲げられた様子が描かれている。清少納言はその恐ろしさに、見るのを拒んで隠れたという逸話が載せられている。

＊源信—平安中期の天台宗の僧侶。横川僧都と呼ばれた。（九四二—一〇一七）。

49

折《をり》からはおとらぬ袖《そで》の露《つゆ》けさを菊《きく》の上《うへ》とや人の見るらん

【出典】和泉式部続集・五八一

折も折、劣る事のないほど袖が涙に濡れて湿っぽくなっているのを、人はさぞかし、菊の上の着せ綿の露だと見ていることだろうか。

【詞書】九日、綿覆《わたおほ》はせし菊をおこせて、見るに、露しげければ。

『和泉式部続集』のいわゆる「日次《ひなみ》歌群」のうちの一首。『和泉式部続集』最後の一群で、このあたりには詞書《ことばがき》に日付がある和歌が続く。「日次」、すなわち日付順に続いているところから、この歌より数首前、五七六番歌から歌集末尾までの百七十二首を、「日次歌群」という。日次歌群は、恋の歌、無常の歌など多くの感慨を歌った歌が含まれる。その成立時期がいつなのかは定かでないものの、おそらくは『和泉式部日記』の内容より後の時点のことであろう。

この歌の詞書にある「九日」とは、九月九日の重陽《ちょうよう》の節句《せっく》のことである。長寿を祝う日で、嵯峨《さが》天皇時代以来宮廷行事として、杯に菊の花を浮かべて飲み、漢詩を作る宴《うたげ》が催されることが恒例《こうれい》となった。菊は中国から渡来した植物であり、長寿をもたらすという連想も、菊酒の風習も、中国からもたらされたものである。菊に宿る露を珍重するのも、中国伝来のものであった。着《き》せ綿《わた》といって、九月八日の夜に菊の花に真綿をかぶせて露を集め、九日の重陽の日に、菊の香と露の移った綿で身体を拭《ぬぐ》うことで、長寿を祈願したのである。

この歌は詞書によれば、誰かに着せ綿を贈られたのに際して詠んだものだという。ちょうど折も折、九月九日なので、いつものように涙に濡れた袖も、菊の上の着せ綿から集めた露だと人は思うだろうか、という意味である。この折に泣いていたのはなぜなのか、恋ゆえなのか、露に濡れた着せ綿を贈ってきたのは恋の相手なのか等、明らかでない。「菊」と「聞く」の掛詞ととって、私の涙など人は話の上だけのことと聞くでしょうか、の意と取ることもできる。

50

ありはてぬ命待つ間《ま》の程《ほど》ばかりいとかくものを思はずもがな

【出典】和泉式部続集・六四七

生きることが終わってしまう、命の限りの時を待つわずかな間くらいせめて、まことにこれほど物を悩まずにいたいものですね。

【詞書】ようさりまかり出《い》でて文《ふみ》見るに、殿なりけるものをまづあけて、いみじう言はれても、みづからのみ。

『和泉式部続集』末尾の歌。詞書《ことばがき》によれば、夜になってゆっくりと手紙を見ていたところ、「殿《との》宛ての手紙なのに先に開封するなんて」とひどく叱られたので、自ずと心に詠んだ歌だという。これに先立つ六四六番歌では、殿宛の手紙を覗《のぞ》き見たところ、和泉式部にとって嬉しい手紙だったのか喜んでいた。これを受けての夜の出来事であろうか。

この歌は、『古今集』雑《ぞう》下部に、よく似た歌が入集する。「官解《つかさと》けて侍り

ける時よめる　ありはてぬ命待つ間の程ばかり憂《う》きことしげく思はずもがな」とあって、*平貞文《たいらのさだふん》が官職を解かれた時の歌である。和泉式部の歌とは、第四句が異なるだけである。平貞文の「憂き」は『*平中物語《へいちゅうものがたり》』にもある通り、女を巡《めぐ》る争いから官職を召し上げられたための憂いであろうが、和泉式部歌の場合も宮仕えにおける憂いなのであろうか。

この同じ歌は、『大和物語《やまとものがたり》』一四二段では下の句「憂きことしげく歎かずもがな」の形で、実母を亡くした娘が世を歎いた歌とされている。継母《ままはは》に育てられた娘は、不如意《ふにょい》な事が多く、男の求婚にも応じないまま二十九歳で亡くなったという物語である。

このように、*古歌《こか》が、本来の出自とは関わりない別の物語の中に組み入れられるのは、平安朝の歌物語などにしばしば見られることだった。その根底には、歌を個の産物とは考えず、共同体の産物とする意識がある。と同時に、この和歌が、さまざまな状況に矛盾なく折り合う、普遍的真実を歌っているからであろう。『和泉式部続集』の末尾にこの和歌が据えられたのも、華やかながらも悩み多き人生を送った和泉式部の歌集の最後を飾る歌として、まことにふさわしいと考えられたためであろう。

*平貞文―平安時代中期の歌人。（?―九二三）。この歌は古今集・九六五に載る。

*平中物語―平安時代の歌物語。作者未詳。十世紀半ばから後半の成立か。平貞文を主人公のモデルとした、少しこっけいな恋愛譚。

*古歌―古い和歌。古人の歌。

歌人略伝

和泉式部は、天元《てんげん》元年（九七八）頃の誕生かとされる。父は大江雅致《まさむね》、母は平保衡女《やすひらむすめ》。長徳《ちょうとく》元年（九九五）頃、橘道貞と結婚したかと想定され、長徳三年（九九七）頃、小式部内侍《こしきぶのないし》を産んだ。長保《ちょうほう》元年（九九九）に道貞は和泉守となったが、赴任する折には同道されず、次第に疎遠になった様子である。それとの前後関係は明らかではないが、為尊《ためたか》親王との関係が始まったとされる。しかし、それも束の間、長保四年（一〇〇二）六月、為尊親王は薨去《こうきょ》。その翌年の長保五年四月に、為尊親王の同母弟である敦道《あつみち》親王（帥宮）との交渉が始まったことは、『和泉式部日記』に知られる。その年の暮、十二月十八日に敦道親王邸に上がり、召人《めしうど》として寵愛を受け、賀茂祭に同車見物をするなど京中の話題となり、一児（石蔵宮永覚）をなしたが、寛弘《かんこう》四年（一〇〇七）十月には敦道親王が薨去した。こうした波乱に満ちた前半生は、恋多き女との風評を招くことにもなったとはいえ、高貴な人々との関わりが、その和歌を洗練させたことも疑いない。帥宮《そちのみや》没後に詠まれた一連の挽歌は、すぐれて圧巻である。その後、和泉式部は道長に召しだされ、寛弘六年、中宮彰子のもとに、道貞との間の娘小式部内侍とともに出仕した。この後、藤原保昌《やすまさ》と結婚して、比較的穏やかな晩年を過ごしたようである。そうした中、万寿《まんじゅ》二年（一〇二五）最愛の娘、小式部内侍が出産の折に亡くなった。万寿四年以降、消息不明。没年は長元《ちょうげん》八年（一〇三五）頃かともされるが未詳である。

略年譜

年号	西暦	年齢	和泉式部の事跡	歴史事跡
貞元　二年	九七七			為尊親王誕生。
天元　元年	九七八	1	この頃誕生か。	
四年	九八一	4		敦道親王誕生。
正暦　元年	九九〇	13		定子一条天皇中宮に。
長徳　元年	九九五	18	この頃、橘道貞と結婚か。	
三年	九九七	20	この頃、小式部内侍（道貞女）誕生。	
長保　元年	九九九	22	九月、道貞、和泉守。太皇太后宮昌子内親王、道貞邸で崩御。	彰子入内。
三年	一〇〇一	24	この頃、為尊親王と関係か。	
四年	一〇〇二	25	六月十三日、為尊親王薨去。	
五年	一〇〇三	26	四月、敦道親王との関係が始まる。十二月親王邸に上がる。	
六年	一〇〇四	27	正月、敦道親王正妻、里邸に退	

				去。三月、道貞、陸奥守として下向。	
寛弘	三年	一〇〇六	29	この頃、石蔵宮永覚（帥宮男）誕生か。	
	四年	一〇〇七	30	十月二日、敦道親王薨去。和泉式部、宮邸を退去。	
	六年	一〇〇九	32	春頃、中宮彰子に出仕か。	
	八年	一〇一一	34	この頃、藤原保昌と結婚か。	一条天皇崩御、三条天皇即位。
長和	五年	一〇一六	39	四月、道貞没。	道長摂政に。後一条天皇（敦成親王）即位。
寛仁	二年	一〇一八	41	正月、頼通家大饗屏風和歌に出詠。	
	四年	一〇二〇	43	保昌、丹後守となるか、和泉式部、丹後に下向か。	
万寿	二年	一〇二五	48	十一月、小式部内侍没。	
	三年	一〇二六	49		彰子出家。
	四年	一〇二七	50	これ以後、消息不明。没年未詳。	道長没。

解説　「歌に生き恋に生き　和泉式部」――高木和子

和泉式部の人と歌

平安朝の女流歌人として後代に名を残した和泉式部、しかしその和歌は、『紫式部日記』に「和泉式部といふ人こそ、おもしろう書きかはしける。されど、和泉はけしからぬかたこそあれ」と批評されるように、必ずしも全面的に賛美されていたとも言い難い。そのような和泉式部の和歌をどのように評価すればよいのか、またそのことと、奔放な浮かれ女としての世評とがどのように関わっているのか、簡単に述べてみたい。

道貞との結婚と為尊親王との恋

和泉式部は、天元元年（九七八）頃の誕生かとされているが定かでない。通説では父は大江雅致《まさむね》で、朱雀院皇女で冷泉天皇妃であった太皇太后昌子内親王家の大進《だいしん》であった。母は平保《やす》衡《ひら》女《むすめ》で、昌子内親王に仕えた女房介内侍《すけのないし》であった。和泉式部は、長徳元年（九九五）頃、十八歳程で橘道貞《みちさだ》と結婚し、小式部内侍《こしきぶのないし》を出産する。道貞は長保元年（九九九）に和泉守となったが、和泉式部は現地には伴われなかったとされる。この頃から冷泉院皇子為尊《ためたか》親王（弾正宮）との関係が生じたようだが、道貞との関係の破局と、為尊親王との関係との前後関係は定かでない。為尊親王は長保四年（一〇〇二）六月十三日に没する。和泉式部に入れ込んで伝染病の流行をも意に介さず通い続けたために病で没したともされる（栄花物語・とりべ野）。とはいえ為尊親王との関係がどの程度のものであったかは実は定かでなく、『和泉式部日記』冒頭に描かれる亡き為尊親王への哀傷は虚構だと考える説すらある。一定の関係を認めるのが妥当だろうが、為尊親王に対する哀傷歌と確かにわかる和歌がないことには一応留意しておきたい。

和泉式部の代表作「黒髪の乱れも知らず」などを含んだ百首歌は、長保二年（一〇〇〇）頃までには成されたらしい。また長保四年頃には、播磨国書写山円教寺に性空上人に結縁を求めて有名な「冥《くら》きより冥き道にぞ」の和歌を詠んだとも推定される。これらにはすでに、和泉式部歌の、切実な感情を直接に訴えかけるような歌風が明瞭に現われている。同時に、初期の百首歌には曽禰好忠《そねのよしただ》をはじめとする百首歌の先達たちの成果を学ぶ姿勢も色濃く、先達を学びながら自らの歌風を模索した時期でもあった。これらは和泉式部が為尊親王と親密な関係にある時期と重なるようだから、高貴な人々との交流が和泉式部の歌風に洗練をもたらしたであろうことは、想像に難くない。

『和泉式部日記』の世界

『和泉式部日記』は、まだ亡き為尊親王との恋の傷が癒えない女のもとに、敦道《あつみち》親王（帥《そちの》宮《みや》）から橘の花の枝が贈られるところから始まっている。敦道親王は、為尊親王の四歳年下の同母弟にあたる。しかし、敦道親王との関係は始まるものの、和泉式部の多情な異性関係も取り沙汰され、二人の恋は容易には進展しない。やがては東宮候補とも目される帥宮と和泉式部とでは、身分の差が大き過ぎる。しかし、二人は折ごとに風雅な和歌の贈答を重ねて交流を続け、ついにその年の暮には宮の邸に召人《めしうど》（男女の関係のある女房）として仕えることになった。

『和泉式部日記』は、『和泉式部物語』と題される写本も多く、〈物語〉に似た特質を抱えていることが指摘されている。たとえば登場する男女は「宮」「女」と呼ばれて決して「我」と一人称で呼ばれることはなく、一貫して第三者的な視点から描かれている。また、本来和泉式部側が知ることができないはずの宮邸の様子なども描かれるために、作者は和泉式部自身ではないとする他作者説まで、一時は生じた。とはいうものの、たとえ第三者的な視点で描かれていようと作者が和泉式部自身でない証《あかし》にはならず、今日はおおかた自作説で落ち着いている。平安朝の女流日記として先駆的な『蜻蛉日記』でも、「……世に経る人ありけり」と、自らを「人」と呼んで語り出すのを参考にしてもよい。「日記」といっても現在起こった事をそのままに記すのではなく、回想的に記す場合が多い点も含めて、現代の常識で判断すると誤るところがある。

『和泉式部日記』は、おそらくは和泉式部自身が、帥宮と自身の関係の馴れ初めを宮の没後に回想的に記したものであろう。そして回想であるが故の記憶違いではなく、おそらくはある程度意図的に虚構化したと考えられる。両者を「宮」「女」と呼ぶのは、『伊勢物語』などの歌物語において「男」「女」と呼び習わすのを模したものであった。身分差のある帥宮を「宮」と呼びつつも、和歌の贈答を通して対等の立場に立ち、恋の駆け引きを通して二人の共感を確かめていく過程は、必ずしも経験的事実そのものではないかもしれない。この日記中に多く含まれる贈答歌は、一つ一つ独自な形を持ち、時には宮から女、時には女から宮、時にはそれが何回も連続したり、歌数が変化したりと、個々がきわめて一回的で個性的な贈答の形を取っている。それらは二人が現実に多様な贈答歌を交わしながら関係を深めた証でもあろうが、あるいは後に往時の帥宮との思い出を和泉式部が書き綴る際にほどこした潤色であった可能性も捨て切れまい。それほどに、この作品には多様な贈答歌のバリエーションが描き出されていて、飽きさせるところがない。

帥宮没後の晩年

帥宮とはその後、賀茂祭に同車して繰り出すような派手な振る舞いも目立ち、とかく噂の種になったようだが（大鏡）、帥宮は寛弘四年（一〇〇七）十月二日、二十七歳の生涯を閉じた。石蔵宮《いわくらのみや》永覚は二人の子である。一連の帥宮挽歌群の絶唱も、おそらくは『和泉式部日記』の制作も、この頃かと思われる。まもなく寛弘六年（一〇〇九）頃、藤原道長娘である一条天皇中宮彰子のもとに娘の小式部内侍とともに出仕した。その後、道長の家司《けいし》であった藤原保昌《やすまさ》と再婚、ともに丹後国に下っている。小式部内侍が「大江山いくのの道は遠ければまだふみも見ず天の橋立」と詠んだのは、和泉式部が保昌の任地にともに下った頃のことである。華やかな恋に生きた和泉式部も、新たな結婚に安らぎを得たかのようであったが、万寿二年（一〇二五）、娘の小式部内侍が出産の折に没するという再度の不幸に見舞われる。和泉式部の記録上の最後は、万寿四年（一〇二七）の事跡で、その後は記録上から姿を消している。没年は明らかでない。

和泉式部の歌の特徴

こうした複数の男性との関係を生きた経緯が、和泉式部が恋多き女と評される所以であるのだが、その評判に拍車をかけるのは、和泉式部の歌風である。『古今集』を規範とした平安中期の和歌は一般に、掛詞や縁語を用いて自然風景と人間の心情とを重ねつつ詠むという、いわゆる「寄物陳思《きぶつちんし》」型の和歌が広く好まれた。そうした中で、和泉式部には心に思うことを率直に歌い上げる「正述心緒《せいじゅつしんちょ》」型の歌に印象深いものが多い。たとえば『百人一首』にも入集する有名な「あらざらんこの世のほかの思ひ出《いで》にいまひとたびの逢ふこともがな」といった歌も、何の風景も詠み込まれていない正述心緒歌である。恋の思いを直接に訴えかける情感豊かな歌い振りが、恋多き女としての世評をいっそう増幅させたのであろう。

とはいえ和泉式部は、『古今集』的な和歌の発想にのっとって掛詞や縁語を駆使し、風景に託して感情を表出するという、寄物陳思的な和歌を不得意としたわけではなく、家集を一覧すれば、むしろその歌数は予想以上に多い。後代、「津の国の……」の歌と「冥きより……」の歌とが秀歌論争の対象となるのも、和泉式部の歌に正述心緒的な歌風を期待する先入観と、和泉式部歌の実態との懸隔を物語っていよう。さらには、『和泉式部日記』中の和歌を見れば、むしろ風景こそが欠くことのできない素材であり、帥宮と女との共感の契機であることはすでに多く指摘されるところである。「有明《ありあけ》の月」「手枕《たまくら》の袖」など印象深い風景や事物を象徴する言葉を連鎖的に詠み込みながら、二人の記憶をなぞり返しつつ新たな時を刻んでいく様は圧巻である。

『紫式部日記』における評価

『紫式部日記』は和泉式部を批評して次のように述べる。「和泉式部といふ人こそ、おもしろう書きかはしける。されど、和泉はけしからぬかたこそあれ。うちとけて文はしり書きたるに、そのかたの才《ざえ》ある人、はかない言葉の、にほひも見えはべるめり」と、主にその贈答歌の才能を誉めながらも、欠点をあげつらう。「歌は、いとをかしきこと。ものおぼえ、うたのことわり、まことの歌詠みざまにこそはべらざめれ、口にまかせたることどもに、かならずをかしき一ふしの、目にとまる詠みそへ侍り」と、風流だと誉めながらも、古歌や理論をよく知った本物の歌詠みではない、口について出てくる中に、風情ある一点の目に留まるところがあるだけだ、とする。古歌を踏まえるよりは口調のよい詠み振り、即興性が強く熟考に欠けているという評価にも見える。しかし、たとえば、「亡き人をなくて恋ひんとありながらあひ見ざらんといづれまされり」（和泉式部集・三四二）といった、初句と第二句が「な」音、第三句と第四句が「あ」音で始まる語呂のよさ。「待つ人は待てども見えであぢきなく待たぬ人こそまづは見えけれ」（同・五五五）などと「待つ」「見ゆ」と同語を反復して畳み掛ける歌いぶり。これらの同音・同語の反復には、『古今集』の誹諧歌的な要素を我が物にしたかのような、音を巧みに重ねた言葉遊びが顕著である。そうした言葉や音の効果への鋭敏さは、まさに『和泉式部日記』に見えるような、多くの贈答歌の経験の中で洗練され、花開いたのではなかろうか。

和泉式部には、確かに心情を率直に歌い上げたような和歌が目立ち、風景に心情を託すために技法を駆使したり、古歌を引用する歌はやや影が薄い。それは古典的な歌風をよくした紫式部から見れば、さぞ型破りで危うく見えたことであろう。しかし、だからといって和泉式部の歌は、即興的に無作為に詠まれたものではない。むしろ巧みに計算し尽くされたかのような、言葉や音の遊びが見え隠れする。まさにそこにこそ、和泉式部の歌が時代を超えて我々に訴えかける、力の源泉があるに相違ない。

読書案内

『和泉式部集　和泉式部続集』（岩波文庫）　清水文雄校注　岩波書店　一九八三

『和泉式部集』『和泉式部続集』全歌を収録。簡便な注釈が付されている。『和泉式部日記』（岩波文庫）も同一の校注者による。

『和泉式部日記　和泉式部集』（新潮日本古典集成）　野村精一校注　新潮社　一九八一

『和泉式部日記』は一部、現代語訳付き。『和泉式部集』は、和泉式部歌のアンソロジーである『宸翰本和泉式部集』の注釈。

『和泉式部の歌入門』　上村悦子　笠間書院　一九九四

和泉式部の代表歌、五十余首について、諸説を整理・紹介しながら各歌の解釈を示す。

『和泉式部百首全釈』（歌合・定数歌全釈叢書）　久保木寿子　風間書房　二〇〇四

『和泉式部集』冒頭の百首歌の詳細な注釈と解説。著者にはほかに『実存を見つめる和泉式部』（新典社、二〇〇〇）がある。

○

『和泉式部日記』（全対訳　日本古典新書）　鈴木一雄訳注　創英社　一九七六

重厚な研究と訳注を載せる『全講和泉式部日記』（至文堂、一九六五）の著者による、入門的な注釈書。全訳が載る。

『和泉式部日記　紫式部日記　更級日記　讃岐典侍日記』（日本古典文学全集）　藤岡忠美ほか校注　小学館　一九七一、新編一九九四

解説には、この日記の標準的な理解が分かりやすく示されている。全訳付き。

『和泉式部日記』（角川文庫）　近藤みゆき訳注　角川学芸出版　二〇〇三

文庫本ながら、補注には語法の解説が詳細に付されて今日的な解釈を試みる。全訳付き。

◯

『和泉式部』（人物叢書）　山中裕　吉川弘文館　一九八四

和泉式部の伝記的研究の、古典的な成果を網羅した、簡便な一冊。

『冥き道　評伝和泉式部』　増田繁夫　世界思想社　一九八七

和泉式部の伝記的研究と、歌風についての研究。きわめて充実した一冊。

『和泉式部　人と文学』　武田早苗　勉誠出版　二〇〇六

和泉式部の歌風と伝記的研究。贈答歌を多く取り上げるところが特徴的。

【付録エッセイ】

和泉式部、虚像化の道

「國文學」第35巻12号（学燈社　一九九〇年一〇月）

藤岡忠美

一

われわれに伝えられている歌人和泉式部の人間像は、「奔放」な恋愛生活をくりかえした女性として特徴づけられている。そして彼女の「情熱的」な歌風は、そうした彼女の「多情」な性向に見合うものとして表裏一体の関係によって認識されている。しかし、彼女の実像がかならずしもそのような定説と合致するものでなく、彼女の生涯の伝記に修正を必要とするものであるらしいことが、しだいに明らかになってきた。

その観点に立って、いまから十余年前の本誌上に今回とほぼ同一の題を課されて拙論をものしたことがある。「和泉式部伝の虚実」（『國文學』「紫式部と和泉式部」特集号、昭和五三・七）であり、近世から近代（昭和初期まで）にかけて発表された和泉式部伝を展望してみたのだった。与謝野晶子を代表とする近代の実証的研究は、江戸期の大まかな略伝の域をはるかに超えながら、同時に恋愛生活を強調する点で和泉式部伝を浪漫化・奔放化しすぎるところ（とくに為尊・敦道両親王との熱愛関係など）があったのではないか、というのが要旨である。それ以後の和泉式部伝は、そうした所説の強い影響から脱しきれず、いわば一種の虚像化をそのまま残しながら現代につながっている、とさえ言えるのではなかろうか。

二

さてこの稿では、おなじく和泉式部の虚像化の足どりをたどることを目的として、その最も早い時期を探ってみることにしようと思う。彼女はすでに生前の、しかもかなり若い時期から好色多情の風評につつまれ、ときに世間の非難にさらされることさえあった。しかし、そうした噂がすべて事実そのままであろうはずもない。和泉には噂の主人公として逸話化されやすい因子があったにちがいないのだけれども、それにしても、彼女の実人生にそむくところの虚像化は、いったい何時、どのようにして生まれ育っていったのであろうか。

まず和泉式部集をひもといてみると、そこには彼女にとって不本意な噂のゆえに、もて煩っている気持を詠んだ歌が数多く見いだされる。彼女の多情さをめぐる芳しくない風評が立ち、それが彼女自身の耳にも入って辛い思いをするということが、しばしばであったらしい。例歌を抜きだしてみよう。

無き事負ひて歎くと聞きて、「われを天児《あまがつ》にせよ」といひたるに
天児につくとも尽きじ憂き事は科戸《しなと》の風ぞ吹きもはらはむ　（八三五）

本文は岩波文庫本による。「無き事負ひて」とは無実の浮名を立てられての意。災難の身代りになろうという申し出に対して、身代り人形ぐらいでは駄目で、風神でなければ吹き払え

ないほどだと詠むのだから、その浮名の高さは相当のものだったのであろう。

「濡れ衣《ぎぬ》をのみ着ること、今は祓へ捨ててむ」と人にいひて後、いかなる事かありけむ、「なほ懲りずまのわたりなりけり」といひたるに

重ねつつ人の着すれば濡れ衣をいとほしとだに思ひおこせよ　（八三九）

恋の「濡れ衣」を着せられた和泉が決然とそれを否定したのに、ふたたび浮名が立ったことに対して、人から濡れ衣を重ね着させられた私を不憫に思ってほしい、とうたった歌。

両歌ともに、かなり華やかで執拗な噂にさらされた和泉の姿を伝えている。そしてそれが実際に無実の浮名であるらしいことは、あけすけにその歎きを語りながら交歓を尽している第三者のいることからも知られる。和泉には、浮名の主人公として取沙汰されているいまの状況を楽しんでいる風情がなくもない。だから性懲りもなく無き名を立てられることにもなるわけで、八三九歌がいみじくも引くところの、

懲りずまにまたも無き名は立ちぬべし人憎からぬ世にし住まへば　（古今・恋三）

という古歌の通り、和泉は「人憎からぬ」思いからのがれられない、情愛の人であったといえようか。

例の、生まれた子供を「親は誰なのか」とからかう男がいて歌で応酬したこと（八〇六）、和泉の扇をある公達が手にしていたのを見つけた道長が「浮かれ女の扇」と書きつけたこと（一二一六）などの有名な話が和泉式部集に見られるのも、そうした性情の和泉の存在が貴族たちの社交裡にもてはやされた結果として理解できるだろう。道長が登場して和泉を親しくからかっている状況からすると、おそらくは道長の招きによって和泉が中宮彰子の許に仕え

ていたときのことと思われる。
これらの歌に対して、いささか事情がちがうのではと見えるつぎのような例歌もある。

正月七日、親の勘事なりしほどに、若菜やるとて

こまごまに生ふとは聞けど無き名をばいづらは今日も人のつみける　（二五二）

返し、親

無き名ぞといふ人もなし君が身に生ひのみつむと聞くぞ苦しき　（二五三）

和泉の浮名に対する世評がきびしく、父親の大江雅致は勘事のかたちをとらざるをえなかった。おそらく為尊・敦道兄弟親王のどちらかとの恋愛関係によるもので、夫の橘道貞との別離もからむ寛弘元年（一〇〇四）前後のこと。和泉は無実であると主張し弁解して親の気持をなだめているが、父と娘とのこの贈答歌が深刻な状況の下で詠まれたものであることはまちがいない。

あやしき事を思ふ頃

ぬぎ捨てむかたなき物は唐衣立ちと立ちぬる名にこそありけれ　（九二一）

おぼえぬ事どもの聞ゆる頃

春の日のうらうら見れど我ばかり濡れ衣着たる海人のなきかな　（一一一八）

あやしき事どもの人の言ふを聞きて、「かかる事どもを聞く、いとどあはれなる」と云ふ男に

深からば涙もすすげ涙川そを濡れ衣と人も見るべく　（一三六九）

この三首の成立がいつのものであるかは不明だが、和泉が無実の浮名によってひどく苦しめ

られていたことは、「立ちと立ちぬる名」「我ばかり濡れ衣着たる海人のなき」「濡れ衣と人も見るべく」などの歌句によって表明されている。九二一歌と一一一八歌とには、あまりにも広まってしまった浮名の晴らしようもなく、無き名の立ちやすいわが身を慨嘆している。ともに独詠ふうの深い嘆きである。一三六九歌には男が登場し、和泉の浮名の噂を耳にして同情を示したことに対して、和泉はすすんで無実を晴らしてほしいと男に訴えている。この男は第三者的に和泉をからかう人物とは見えず、恋人かと想像させるほど和泉に身近な存在であるらしい。それだけに、無き名のことは和泉にとって切実な問題であったということができよう。前引の歌のような、どこかわが浮名を楽しむほどの余裕が残されているといった風情はここには見られない。

三

和泉式部集の中から、和泉が無実の浮名を立てられて困惑している例歌を取りだしてみた。和泉には多情好色の女としてあることないこと取沙汰されやすい因子があり、とくに中宮彰子に宮仕えしていた時期には、道長をはじめとする貴紳たちにからかわれることが多かったらしい。そこには和泉の人の好さがあらわなのであるが、彼女は自分ほど濡れ衣を着せられる者はいないという嘆きにとらわれることがあった。その嘆きがもっとも切実深刻であったのは、宮仕えより数年前のこと、為尊・敦道親王との恋愛にからんで親から勘事されていた時期であったと思われる。その時期に高まった和泉の艶名は、彼女の生来の情愛ぶかさと相まって、宮廷貴族の間におのずから定まってしまったということになろうか。

ところで、和泉式部につきまとう好色多情な女としての世評というと、すぐに連想されるのは和泉式部日記である。敦道親王との恋のいきさつを綿綿と説くこの日記の特質について、私はかつてつぎのように記してみた。「この日記の基調として、和泉を多情女とする世間の非難が底流にあり、その世評に対する弁解としてやむにやまれぬ恋のいきさつを説き明かしている趣がある」(注1)「もし和泉式部日記の中に、作者と読者とにはじめから共有されているところの前提の知識があり、それをもしこの日記の基層とでもよぶならば、その最大のものは、和泉式部をめぐる多彩多情な男性関係の噂に他ならぬといえよう。和泉式部日記を読みすすむとき、全篇を執拗なまでに貫き、宮と女との心情の起伏を支配しているのはこの噂の存在であることが痛感される」(注2)。

引用の文章は抽象的で要約ふうにすぎる憾みがあるにしても、和泉式部日記という作品のもっとも基底に横たわっているものを把握してみようとなると、やはりどうしても右の引用文の主張するところに近づかざるをえない。

たとえば、宮(敦道親王)の「心情の起伏」を全篇にわたって追跡してみても、女(和泉式部)の一々の反応の仕方によって宮の心の左右されることの多いのは当然であるけれども、それ以上に宮の心情の行方を支配しているのは、女をめぐる好色な風評の存在に他ならない。芳しからぬ噂を耳にするとき、宮の心は女への不信に傾き、宮のおとずれは途絶えてしまう。和泉式部日記全篇の構成は、そうした巨きな壁のごとき世評の存在を相手にする、二人の間の愛情と不信との反復運動によって成り立っているともいえるほどである。

そもそも、この日記の中で女の多情さについて判然と言及している記事は十数か所を数える。この数字は、和歌の中で女の多情さを微妙な言いまわしによって怨んだり諷刺したりする箇所などを含んでいないから、この日記の特質としての、歌文が呼応しあう文脈の機微を切り捨ててしまうことになるが、いまは一応の目安を立ててみることを主眼として進めてゆきたい。

さて、その十数か所を一覧してみると、女の多情さを示す記述といっても、それは大よそ三種に分れるものであることを知る。第一類は、

聞こしめすことどもあれば、人のあるにやとおぼしめして (九四)

「……そが中にも、人々あまた来かよふ所なり。びんなきことも出でまうで来なむ。……」 (九七)

「人のびなげにのみ言ふを、あやしきわざかな、ここにかくてあるよ」 (一一八)

「さりともと頼みけるがをこなる」など、多くのことどものたまはせで、「いさ知らず」とばかりあるに (一三三)

本文は日本古典文学全集(小学館)により、括弧内の数字はその頁数を示す。右の例文はいずれも女が多情であるという噂の存在そのものを示している。「聞こしめすことども」「人々あまた来かよふ所」「人のびなげにのみ言ふ」等の言葉は、しかしその世評がすでに牢乎たるものに定着して広く流布している状態をあらわすものであろう。つぎに第二類は、

「好きごとする人々はあまたあれど、ただ今はともかくも思はぬを。世の人はさまざまに言ふめれど……」 (九五)

七日、好きごとどもする人のもとより、織女彦星といふことどもあまたあれど、目も立

たず
はかなきたはぶれごとも言ふ人あまたありしかば、あやしきさまにぞ言ふべかめる。（一〇七）
……この濡れ衣はさりとも着やみなむ（一一二）
またよからぬ人々文おこせ、またみづからもたちさまよふにつけて、よしなきことの出で来るに（一二八）
すきごとせし人々の文をも、「なし」など言はせて、さらに返りごともせず（一三三）
これらの例文は、恋歌を詠みかけて言い寄ってくる男たちが今でも存在することを、女自身が認めた言葉である。女は、すくなくとも宮と結ばれた現在は彼らに関心もなく拒否の態度を貫いているのだが、世評はきびしく、新たな噂を生みだす発生源にさえなっている。日記の筆は、女が好色多情の浮名をえた原因がここにあることを主張し、弁明しておきたかったのでもあろうか。
「故宮のはてまでそしられさせたまひしも、これによりてぞかし」とおぼしつつむも（九一）
「故宮をも、これこそゐて歩きたてまつりしか。よる夜中と歩かせたまひては、よきことやはある。……」（九七）
「このごろは源少将なむいますなる。昼もいますなり」と言へば、また、「治部卿もおはすなるは」など、口々聞ゆれば（一〇五）
第三類は、第二類におなじく浮名の相手に当る男の存在を伝えるものであるが、男たちは固有名詞によって名が明かされている。源少将・治部卿は、数多くいる「好きごとする人」の中の代表の態である。故宮（為尊親王）の存在は日記冒頭の追想場面からの重要人物として今さら言うまでもないが、彼の無謀な夜歩きによる死の経緯が世間周知の噂話として通用していたことを知ることができる。

四

和泉式部日記の成り立つ前提として、このような、女の浮名をめぐる風評があった。「好きごと」する多くの男たちとの多彩なかかわり、そして為尊親王との恋と親王の死にいたる経緯、この二つが彼女の多情さを語る噂の実態であった。これらの噂話を読者にとっても世間周知の知識として見なすところから、和泉式部日記創作の筆は始まる。日記の冒頭部をすこし読みすすむならば、このことは了解できるはずである。(注3)

和泉式部の多彩な男性関係については、和泉式部集の中に収められた、多種多様な男たちと取り交わした贈答歌の数々を見れば分る。歌によって異性に言い寄る行為を「好きごと」というならば、彼らとのそうした贈答歌の応酬にはきわどいものがあり、和泉の歌には言葉のあやの冴えを楽しむ風情が見受けられる。和泉が無実の風評を立てられて「濡れ衣」に苦しんだのは、彼らとの間のそうしたきわどい言葉の関係から出たものがあったであろう。為尊親王との恋愛関係の噂においても、「好きごと」と「濡れ衣」との間を揺れる微妙なところから生まれたものであるように思われてならない。

為尊親王の死の経緯として噂に伝えるところは、栄花物語にいうような悪疫流行を顧みぬ夜歩きのためとされるが、これが史実と相違し矛盾することは明らかである。(注4)したがって和泉式部との恋愛関係にも修正の必要が生じてくるのだが、しかしその噂がたとえ親王の恋愛行動を強烈なものに虚像化しているにせよ、すでに動かしがたく牢乎たる世評に定まっているからにはというので、その強固な噂に応えるかたちで成り立ったのが和泉式部日記ということになるであろう。

為尊親王を追慕する哀傷場面にはじまるこの日記の虚構は、敦道親王との出会い、そして宮邸入りという事態におのずからつながり、新しい恋のやむにやまれぬいきさつを説き明かした。そのことによって作者は世評に対する弁解をはたし、読者の関心に応えることができたのではなかろうか。

注1　藤岡『和泉式部日記』（『完訳日本の古典』昭和五九・二）解説。
注2　藤岡「和泉式部日記の前提的基層と創作性について」（「国語と国文学」昭和六二・一一）
注3　右に同じ。
注4　藤岡「和泉式部伝の修正―為尊親王をめぐって―」（「文学」昭和五一・一一）

高木和子（たかぎ・かずこ）
＊1964年兵庫県生。
＊東京大学大学院修了、博士（文学）。
＊現在　関西学院大学文学部教授。
＊主要著書
『源氏物語の思考』（風間書房）
『女から詠む歌　源氏物語の贈答歌』（青簡舎）
『男読み源氏物語』（朝日新書）

和泉式部《いずみしきぶ》　　コレクション日本歌人選　006

2011年7月25日　初版第1刷発行
2013年3月5日　再版第1刷発行
2018年10月5日　再版第2刷発行

著者　高木和子
監修　和歌文学会

装幀　芦澤泰偉
発行者　池田圭子
発行所　有限会社　笠間書院
東京都千代田区神田猿楽町2-2-3［〒101-0064］
電話　03-3295-1331　FAX　03-3294-0996
NDC分類 911.08

ISBN978-4-305-70606-5 印刷／製本：シナノ
（本文用紙：中性紙使用）

コレクション日本歌人選　第Ⅰ期～第Ⅲ期　全60冊完結！

第Ⅰ期　20冊　2011年（平23）2月配本開始

1	柿本人麻呂	かきのもとのひとまろ	髙松寿夫
2	山上憶良	やまのうえのおくら	辰巳正明
3	小野小町	おののこまち	大塚英子
4	在原業平	ありわらのなりひら	中野方子
5	紀貫之	きのつらゆき	田中登
6	和泉式部	いずみしきぶ	髙木和子
7	清少納言	せいしょうなごん	圷美奈子
8	源氏物語の和歌	げんじものがたりのわか	髙野晴代
9	相模	さがみ	武田早苗
10	式子内親王	しょくしないしんのう（しきしないしんのう）	平井啓子
11	藤原定家	ふじわらていか（さだいえ）	村尾誠一
12	伏見院	ふしみいん	阿尾あすか
13	兼好法師	けんこうほうし	丸山陽子
14	戦国武将の歌		綿抜豊昭
15	良寛	りょうかん	佐々木隆
16	香川景樹	かがわかげき	岡本聡
17	北原白秋	きたはらはくしゅう	國生雅子
18	斎藤茂吉	さいとうもきち	小倉真理子
19	塚本邦雄	つかもとくにお	島内景二
20	辞世の歌		松村雄二

第Ⅱ期　20冊　2011年（平23）10月配本開始

21	額田王と初期万葉歌人	ぬかたのおおきみ しょきまんようかじん	梶川信行
22	東歌・防人歌	あずまうた さきもりうた	近藤信義
23	伊勢	いせ	中島輝賢
24	忠岑と躬恒	みぶのただみね おおしこうちのみつね	青木太朗
25	今様	いまよう	植木朝子
26	飛鳥井雅経と藤原秀能	まさつね ひでよし	稲葉美樹
27	藤原良経	ふじわらのよしつね（りょうけい）	小山順子
28	後鳥羽院	ごとばいん	吉野朋美
29	二条為氏と為世	にじょうためうじ ためよ	日比野浩信
30	永福門院	えいふくもんいん（ようふくもんいん）	小林守
31	頓阿	とんな（とんあ）	小林大輔
32	松永貞徳と烏丸光広	ていとく みつひろ	高梨素子
33	細川幽斎	ほそかわゆうさい	加藤弓枝
34	芭蕉	ばしょう	伊藤善隆
35	石川啄木	いしかわたくぼく	河野有時
36	正岡子規	まさおかしき	矢羽勝幸
37	漱石の俳句・漢詩		神山睦美
38	若山牧水	わかやまぼくすい	見尾久美恵
39	与謝野晶子	よさのあきこ	入江春行
40	寺山修司	てらやましゅうじ	葉名尻竜一

第Ⅲ期　20冊　2012年（平24）6月配本開始

41	大伴旅人	おおとものたびと	中嶋真也
42	大伴家持	おおとものやかもち	小野寛
43	菅原道真	すがわらのみちざね	佐藤信一
44	紫式部	むらさきしきぶ	植田恭代
45	能因	のういん	高重久美
46	源俊頼	みなもとのとしより（しゅんらい）	高野瀬恵子
47	源平の武将歌人		上宇都ゆりほ
48	西行	さいぎょう	橋本美香
49	鴨長明と寂蓮	ちょうめい じゃくれん	小林一彦
50	俊成卿女と宮内卿	しゅんぜいきょうじょ くないきょう	近藤香
51	源実朝	みなもとのさねとも	三木麻子
52	藤原為家	ふじわらためいえ	佐藤恒雄
53	京極為兼	きょうごくためかね	石澤一志
54	正徹と心敬	しょうてつ しんけい	伊藤伸江
55	三条西実隆	さんじょうにし さねたか	豊田恵子
56	おもろさうし		島村幸一
57	木下長嘯子	きのした ちょうしょうし	大内瑞恵
58	本居宣長	もとおりのりなが	山下久夫
59	僧侶の歌	そうりょのうた	小池一行
60	アイヌ神謡ユーカラ		篠原昌彦

『コレクション日本歌人選』編集委員（和歌文学会）
松村雄二（代表）・田中　登・稲田利徳・小池一行・長崎　健